ゴメンナサイ芭蕉さん丸裸

青宵散人
SEISHOU SANJIN

幻冬舎MC

ゴメンナサイ　芭蕉さん

丸裸

目次

（一）

『冬の日』（狂句木枯しの…）の付句の案じ方について

これから、お集りの親しいお仲間に、斯界でもなかなか論じ尽くせていない芭蕉さんのこと、周りの俳諧連句のことなどにつき、少しでも皆様の勉学また愉しみの役に立てればと、不祥散人が生涯精魂を傾けつつ考えて得た結論めいたこと、謎解きなども含め、種々開陳申し上げたいと存じます。処どころ、芭蕉さんも同座して貰い、飲茶の休憩では、大いに談笑しながら、俳諧談義進めましょう。

芭蕉さんの蕉風旗揚げと知られる『冬の日』は、貞享元年（1684）『野ざらし紀行』の途中、尾張で巻いた五歌仙でした。四十一歳のことです。とても有名な俳諧連句（作品）として、当時のみならず後世人々に記憶されています。その初めの歌仙の表六句と五歌仙終わっての追加の六句のことですが、しかし誰が読んでも、ちょっとやそっとではさっぱり解らないものでした。それは、表に裏に、志や意図を隠しつつ、練りに練って勘考し綴ったもの。何故そんなことをしたのかを探り当てないと、分らず仕舞いのまま、「蕉風旗揚げ論議」をなぞることになります。兎も角、まず、第一歌仙の表六句と裏入りの初句（折立おりたて）を、はじめに写して置きます。

1（表）　狂句木枯しの身は竹斎に似たるかな　芭蕉
2　　たそやとばしるかさの山茶花　野水
3　有明の主水に酒屋つくらせて　荷兮
4　　頭の露をふるふ赤馬　重五
5　朝鮮のほそりすゝきのにほひなき　杜国
6　　日のちりぢりに野に米を刈る　正平

表の六句は右の通りですが、関連して、次の裏入り初句（＝折立《おりたて》）も重要です。

7（裏1）わがいほは鷺にやどかすあたりにて　野水

特にこの発句1は、誰一人知らない人は居ないほど有名です（かな？）それには次のような、謙譲としても言い訳がましい、おどろおどろした「前書」が付いていましたね。

帋衣は　かみこ　と読みますよ　紙合羽。旅人の必需品で、雨風を凌ぎ冬の暖をとるのです。

笠は長途の雨にほころび　帋衣はとまり〳〵のあらしにもめたり
侘　つくしたるわび人　我さへあはれにおぼえける　むかし
狂哥の才子　この国にたどりし事を　不図おもひ出で申侍る狂句

普通、句は短くとも一本勝負、説明などないのが上等といいますね。しかし時にはわざわざ前書で、句を発した経緯やら意図を置くことがあります。句だけでは解らないかもしれないとか、句に盛られなかったことなどを添えたい　と、わざとするのでしょう。それにしても右の前書は、なんとも長く、文体もわざとらしい。もしこの前書が、この座のことを代表し或いは説明するものとするなら、芭蕉さんの正風（蕉風＝句付）といわれる経緯にも、実は天和期の背景をうかがわせますね。談林調が濃く残る、そうした俳諧をこの座でしますよというのでしょう。事実、それらの句々は意味を取るのも、付筋を辿るのも、実に難しい姿でした。標準普及の「貞風」はあるにせよ、「談林調」に「句い付」を絡ませると、かくも難解な俳諧になるのでしょうか。

なお、句は「木枯しの…」の形の伝えもありますが、前書の最後に置いたと思える語、俳諧であること示す**「狂句」**の文字を、前書から外し、発句の頭にずらして「狂句木枯しの」と字余りとするのが今は定説になっています？　しかし「木枯しの…」で充分わかるところ、わざわざ頭に「狂句」の字を付けて読ませれば、五文字が「狂句木枯しの」

と、八字の字余り調になり変ですが、句頭に置くからには、それが主体なること、重要なことを示す（べきという）のでしょう。読む人の脳裏にそのことが植え付けられてしまいます。ともかくそういう「狂句木枯し」があるのか、そうなんだな　と、納得させられる訳です。しかしそういう木枯しは実の世にないのでしょうから、これ既に、衒い、充分に談林調なのでした。解らぬことでもありませんが、わざとらしい。密かに、そういう（「談林」＋「句付」）で、句を連ねるので、難しいぞ、読みもそういう読み方をしなされ　と云われた（挑戦された）と覚悟しなければならないことでした。

では、この六句の連ねは一体どういうことをいうのでしょう。従来の、説明ぐらいでは、簡単には、いや殆ど明確には納得出来ませんでしたよ。例えば表折端の（**6　日のちりぢりに野に米を刈る　正平**）は、吟者正平がどのような案じ（考え）から案出し、（**7　わがいほは鷺にやどかすあたりにて　野水**）の吟は、正平吟を前に置いて、野水はどう考えて生み出したのでしょう。（6）（7）の付合、一見して（田舎の場）の関連の案じのようです。そうとしても、句中の詞、「野」とは？「米」とは？「日のちりぢり」とは何？と見て行きますと、どうでしょう、単に田舎の風景をいい合ったというのでなく、大小の趣向・テーマがありそうです。

☆（早々ですが　本論に入りま〜す）

まず**連句の作り方＝（付方、付筋）**のことから、見てみましょう。

（6　日のちりぢりに野に米を刈る）の「**野**」は、その前の杜国吟**（5　朝鮮のほそりすゝきのにほひなき）**の**（すすき5）**から→**（6野）**と来たのでしょうから、表面の付方は**物付（素材、物（の名）によって付けた）**と容易に見破れます。更に**（ほそり、にほひなき5〜6ちりぢり）**のマイナス（消極的）形容の修飾語の関連の**詞付**もそれを補強していますので、（5〜6）の移りはとても強固なもの。しかし表面の読み（眺め）は、口調なだらかで平易、それなのに意味が取れないのは、自分の頭が悪いからかな　と恐縮してしまいましょう。とてもそれが、企まれた強い結合を施した**秘密**の故とは解せずに　です。悪者は芭蕉さんと連衆なのですよ。

続けます。**（6　野に米を刈る）**とは何ぞや。つまり前句**（5　朝鮮のほそりすゝきのにほひなき）**の句を構成する諸語**（朝鮮、ほそり、すゝき、にほひなし）**などで成された句の意味や意義が、既に平易な様で実は難しいので、**（5〜6）の付筋（意味の繋がり、理由）**が理解出来ないのです。

そもそも（5）の句頭の意味ありげな「**朝鮮**」とは一体何をいうのですか。朝鮮国のことなのですか。「朝鮮のほそりすすき」とすらすら読んでいいのでしょうか。そんなススキがある？我国のススキ（肥えている？）と違うのかな　などと悩みますよ。

そしてこの（5）の句も連句ですから、更にその前句（**4　頭の露をふるふ赤馬**）からの暗示で得たものでしょうが、そこ（4）には（**頭、露、赤馬　ふるふ**）しか詞はなく、（5）へ渡すキーワードは一体どれなのか、どれもなのか。　もう一度並べますよ。

4　頭の露をふるふ赤馬　　重五

5　朝鮮のほそりすゝきのにほひなき　　杜国

どうです、分かりましたか？　連句の繋がりの語句を説明出来ますか？　四五回繰り返して見て如何ですか？　まだまだ分かりません？　…　でしょう。

此処までのことは連句、その付け筋、付け方を理解しようと、一つ一つ、付句から前句を探り、更には逆に読んで解明しようとして来ました。通常（平易な連句）のように、順に一読二読して、すんなりと解る連句ではありませんねえ。韻文だから筋はないとか、筋を追う必要はないとか、強弁する向きもありましょうが、連句という文芸は、次の人が倚って付けなければ続かないのですから、筋（文意）のことは無視出来ません。いや筋のことを仮令無視しても、筋に代る動機や取っ掛かりの把握がなくては、連句は成りません。一般の人は勿論、なまじっかな学者先生も、密かに独白、「さっぱり解らない」というのが、正直な話ではないでしょうか。でも先生、解った振りし、教室でおざなりの**表解釈**＊の講義を受け売りし？（＊全集その他一般書も凡そ然り、意味通じぬのに表面の説明のみです）　さて質問受けては大変なので、そそくさと？時間切れとて退室？それでは幾ら芭蕉さんが（新風樹立の旗揚げを此処で為した）という意義を教えるとしても、中味不詳の空論を唱えるだけです。ここの筵では徹底的にここらのことを取り上げ、俳諧を志す人の疑問を霧散させたい。併せて一般的に連句の創作の在りように役立つように、若干面倒な細かい詮索をし、ここら渋がる謂いの筆を進めているのです。ゴメンナサイ。少しご辛抱を。

（戻って本論）、

その（5朝鮮　ほそり　すすき）の辞の仕方は、前句（4頭の露　赤馬）の**力強い**情景の、いわば**暗転**（**逆付**）です。それは分りますね。（5）は、「ほそり」「すすき」「にほひなき」と**衰退**をいうに著しい語を多用したのです。ですから文芸的手法ではありますす。ここの「匂い」とは「風情」のことです。それが**「情緒がない」**という。しかもその謂い方は、

ⓐ（現在または一般特性としての絶対**真実**）として、「匂ひなし」なのか、或いは

ⓑ　その具体的なものが、以前より風情なくなった（有→少・無）と**推移**をいうのでしょうか。どちらも文法的には成り立ちます。さてどちらでしょう。

面倒ですが、**句語の文法**のことを調べますよ。**詞**「朝鮮」に、「朝鮮の」と**「の」**という助詞が付いていています。これは主格の「の（＝が）」か、属格（連体修飾格）の「の」か。主格で「朝鮮が」なら、句中ほかに主格になるもの（体言）がありませんから、それ自身が主体で、先ずは「朝鮮国」そのものでしょう。そうかな？しかし「朝鮮国が細り↓薄が…」というのは如何にも可笑しい。では、朝鮮の「何か」と属格の「の」を考え、「朝鮮のほそりすすき」として見ても、「朝鮮すすき」というもの（種）とか「朝鮮の細り薄」というもの（種の一般形状）があるのしょうか。聞きません。どうやら、そういう種類名称の「すすき」は勿論、そうでない具体的な「朝鮮の何か（形容詞つき名詞：体言）」を指すのではなさそうです。五七五の繋がりの読みが、五七と連なって読み易いので「朝鮮の（ほそり）すすき」のことかと錯覚するのです。そんな「すすき」はありません。

先に仮題として考えたⓐの筋を追い、それを否定しました。 …×

では、ⓑ「朝鮮だった**（様態）**」が**時間経過**で↓ほそり、そして「すすき」の（が）匂ひなし（無くなった）、佳かったのに情緒が無くなり、衰え・駄目になったと、時間経過でいったのでしょうか。そうらしい。 …○

この句の**主語**に立つものは**「すすき」**しかない。では「すすき」そのものを吟じた句なのでしょうか。植物のすすきがそんなに重要な主語主体の句なのですか、いやなぜ「すすき」を突如として吟じたのでしょう。

多分、「すすき」は、或るものの（喩　ゆ＝いい換え）なのではないか。そうですね。それが何かは、この歌仙の座は、（連衆には解ることなので）わざと晦渋したり脱落させているのだなとすれば、それは何なのでしょうか。それらの筋を曳くのは前句から辿らなければ解らないことですが、もうお解りでしょう。

それすゝきは、文芸或いは俳諧（の仕方）のことと。ここの謂いは、或る種の（俳諧・文芸）の面白みが無くなった、薄れた　と云うのでした。これ、とても重要なこと（評価）を吟じました。兎も角、そういう重要なことを主題にしますよ　と云っているのです。それは、この巻が句々の付合の主題や表現ごとを越えての、そうした通奏低音が底にありますよ、それに照らしての作りですよ、しかも（俳諧のこと、俳諧の現状、在り方を巡っての改革のこと）を論じるのに、世間を憚り、内々の連句の連ねで一見は解らせない姿でやりますよ　と云うのでした。表面の語意や句意が解らない場合は、その「通奏低音」に照らして、想像し、会得せよ。わざと解らなく晦渋したのです。

だから句々の語のことは、多少変でも、凡そのことに主旨を摑めばいい。もともと談林調（歌舞伎調）に誇張したり、奇異に態としているのですから、すんなりと理解するには無理があるのでした。あなたや私が、頭が悪いから、解らなかったのではないのでした（一と安心　二た安心）。

安心したところで直ぐさま、**（5　朝鮮のほそりすゝきのにほひなき）**の解釈に戻りますが、前句**（4　頭の露をふるふ赤馬）**の**主語は、「馬」**です。明らかです。それに**赤**なる形容詞が付いています。その馬は「（朝鮮だった）馬」と、（5）の説明へ発展します。主格主語となり**朝鮮的赤馬**と。「朝鮮の」の「の」は、（普通に）体言に付き連体修飾語を作る「の＝現在の、また普遍のそれ」ⓐという指示よりも、「過去そうであった」ⓑという叙事（形容）の遣い方に従うのではないか、つまり、かつて朝鮮（的）だった赤馬が現在はこうなった　という叙し方をしたのです。解らなかった語句の繋がりへ、段々突っ込んで行きつつありますよ。

では、その「馬」とは、「すすき」とは、一体どういう関係だというのでしょう。こうした場合、文芸（連句）は、往々にして、主体を**すり替**わらせます。ここでは「馬」はその時間経過により「すすき」となり（すり替わり）、その「すすき」に象徴的に叙せられるような変化をさせたのです。「朝鮮的赤馬」は、一面そういう「力あるすゝき」であったのが、「衰えた、匂いがなくなった」というのでした。どうですか。ここまでで、全く不明のことが半分解けたでしょうか。お聞きしますよ、「かつて朝鮮的だった馬」

とは何なのでしょう。（しかも「**力ある働き**」だけに注目すると、その前句（３）からは、何やら酒屋を造らせたこと（力まかせに？）と関係があり、それは（次回）に説明しますが、ここら、つまり、**二重の喩**が句となっている）。だから難しいのでした。

なお、古来の解釈に、当時「朝鮮由来のもの」は（日本にない、珍しい、特に大柄な強きもの）を指した俗言とします。それも成程半分の解釈です。当時入国してきた蘭（オランダ・カピタン）の人や物の異様に珍しいまた大きなことの属性も、同じ様に口や文にいわれれました。

また　**の**　については、遠き平安の『枕草子』＃６７にも、

　草の花は、なでしこ。唐のはさらなり。大和のもいとめでたし

と遣われています。「の」でその物を省略していう。人々は比較するに敏ですが、その「の」後のものが明らかな場合、省略されるのです。ここは勝れていることをいう。一応の筋です。でもまだ分かりませんねえ。

既に述べたように、ここは如何にも朝鮮の何々というものがあるように、謂いをわざと晦渋しているのです。座以外の人がそう取ったらどうしても筋が解明しない。それを狙ったのでしょう。（俳諧の座は狭い**密室の茶事に似**ているのです。仲間内だけ解り、それで談笑し謀ごとをするのです。へえ～！俳諧連座はだから親しい仲間内の密事？）

では「朝鮮の…」のこと、普通の読みの（朝鮮（由来）の）という熟語用法でなく、**㋑詞の字義を分解し意義を追ってヒントとして作った**と考えればどうなのでしょう。これは**詞付**の一つの方法ですよ。それは↓**朝（晨・早くは）と鮮（あざやか、うるわしい）**という考えではないかなと。つまり

5　朝（かつて）には　新しくきらきらしていた　その宜しきが、
時を経て、風情が無くなった

と解すれば、さしもの「朝鮮の」も難しくなくなったのではないでしょうか。連句とは頭の中でこういう**字詞の原意**などからも、ヒント・鍵として作りますよ。また、**㋺音通・音調**からの検証はどうでしょう。何か**暗喩**していないかな。**（音：チョウセン）**からは、「挑戦」とか「貂蟬」が思い至ります。「挑戦」していた何かじゃないか。どちらの語も「力」に関与しよう。（歴史上で美女「貂蟬（ちょうせん）」すらも挑戦的に活躍しましたよ）。**挑戦的だったもの＝力強い活躍したもの＝前句の「赤馬」が衰える（た）**と解し得ます。こう（字義や音調）まで意を尽くしていわんとするその「働いた馬」とか「風情（匂い）あったすすき」とは何？　そうです。芭蕉さんらの座がしつつの、**文芸＝俳諧のこと**をいっていることはもう明らかですね。**どういう俳諧ごとか、**

それは自分らが常にしている、かつて勢いあった「**貞風**」、それはもはや熟しきりマンネリになり新鮮味なく、匂いなく衰えつつあった俳諧、或いは昨今流行した乱暴な「**談林派**」を指すと。(音通やその変異も「詞付」の一種ですよ)。

そして、**(すすき　薄　芒)** なるものの語の意義やニュアンスは、豊の逆で、薄い、少ない、貧しい、粗末な、暫く、**いささか**、等です。**尾花、芒と書けば、耳目に既に末、亡。**用語に薄暮、薄田など。これから、**(6　日のちりぢりに野に米を刈る)** が導かれたと、もうすんなり通ります。また、いささか、今やの時間が経過し、後の振返りをいわせ→**(朝＝かつて) 鮮やかだった流儀が**→**(今や) やせ細り、色褪せた**と繋がりましょう。他を貶めるとしても、人情としてあからさまでなく、こう晦渋したのです。

但し、そのような考えが浮かぶとしても、**表で読ませるヨミ**は、結局、「朝鮮の(チャウセンノ」と違ったのです。易しく読ませて＊却って晦渋しました。

＊こうしたことは、第三の「有明の主水」も同じく難問を呈しつつ、同じような処理しました。それは次回で解明します。

●連句とは、**有耶無耶**的なことを、心に捏ねつつ、前句を探り(その狙いや考え情緒など)を、**舌頭千転**しているうちに、付けの**句案の断片をふと得て言葉に定着する**ものです。殊に前句の意味(心)や詞や物からの直結のみでなく、意味や詞を素としたり、遠くて薄い関連ごとも連環させますよ。殊に「詞付」のやり方ではそうする。そして、（表何となく）（裏きっちり）と、写し、映し、移し来てするいわゆる**「匂付」**を、

抽象的に　**（余情付、印象付）**とか、

具体的に　**（匂付、映付、写付、移付、位付、俤＝面影）**とか　いい、

働きの　**（響き、走り）**など拍子の**緩急の（様態）**も時に補い、

「蕉風」は重視＊しました。（＊発見・発明とか主導ではありません。）そうして出来た付合は、往々、直ちには理解出来難い文意の作品でもありますので、後世から解するには、右に為したように手順として無駄かも知れぬ種々の手がかりを探り、八方から虱潰しに細かく検証しなければ摑めないのです。

一方、創作する側がそれを成すには、唯一、**（舌頭千転）の方法（インスピレーション、テレパシーに頼る？）**しかないのです。（左脳三分＋右脳七分）で為すことでしょう。文芸はそうした曖昧、非効率、非論理・非典拠な方法で致します。舌頭五十転、百転では、未だ「文芸の女神」は微笑んで呉れません。しかし全く出鱈目、当てずっぽうに探れ、待てというのでもありません。連句の座数、作句の習慣、日常の観察と句の動機や修正などを積み重ねれば、幾分かの上達は期待でき、それを為すのをプロというのです。また有耶無耶探りの好きな人でなければ、俳諧連句は成り立たない。

そもそも、**「匂い」**とは、得体知れず、ふわふわとし、判るようで判らず、解らぬようで解る、見えずして嗅覚が捉えるもの。直観的な「印象・陰影」としか云いようがなく、文芸的には、その句内や二句間に籠る**「余情」**を指していいます。始めからそれを狙って作るとか、これが匂いの付け方で、他の付け方では上手く付けられないとかいうものではなく、言葉や素材、つまり詞付、物付でも為そうとする裡に、他の言葉、語呂との遣り取り中にふと浮き上がり来て付随〜主導するものなのです。「機微」なること　にも関するとすれば、人情句、恋句（の付合）に多く用いられて成功しましょう。文意、語意、文法などの分解〜アプローチは、真相に迫ろうとする一助に過ぎません。

●芭蕉さんは『冬の日』に到る前、二つの俳諧世界を経験しました。

①**貞門・貞風**（連歌のオーソリティの二条良基から松永貞徳らの**古来の流儀**。基本的な**物名付**、**詞付**を専らとする）は**正当な方法**ですが、**古典**に根拠あり**教養人**しか付けられないこととし、純正連歌に似た幽玄な高尚を目指し門流をつくりました。当用帖**（アンチョコ）**を懐に、典拠を外れぬようと強いる裡に、**マンネリ**をもたらしました。そして次にそれを嫌う新風を求める世になりました。←

②**談林派**は狭い物付詞付よりも、**心付＝意味付**（前句の意味の解釈）を主眼に付け

させることを重視しました。それ自体はまた**正当**なことですが、流行の頂点たる一派は、**多分に特異な**内容を振り翳し、**言葉遣いも歌舞伎**、その読み解きと付けを強い、詩的情緒を離れ、即ち**遊び過ぎ**、心此処に無く（無心句を暴れ）させたのでした。けれどもある意味、魅惑的ですので、**一時流行**したのです。皆、心酔し真似をしたのです。

③しかし、その談林の一面の改革心は良しとしつつ、短所か、その乱暴な言葉遣いや突飛な思想・筋立てを、やがて**中庸に**、注心を、無心から有心にも戻すべしと、文芸主義・純正連句への帰りも希求したのは当然でした。しかしその際、再び**庶民**の文芸人が、古典や教義またアンチョコに頼らず縛られず自由に綴れと心掛けたのが、**新風蕉風**の求めであったのです。その中心に芭蕉さんが居たのです。

（右の①②③は精神的な発想点を説明し、作法のことは省略しました）。

つまり芭蕉さんは連想の取っ付きや定着を、上流貴族が主導する美の対象とその感覚でなく、庶民が為す感覚での調和の（美の）二句をもって付合文芸を成すこと、古典に根拠せずとも、実社会に生きる**庶民の目での美**があれば良しとしたのです。それは頭で付けるのではない一面、「匂・映・移」に依ることと表裏であったのです。

古典典拠の美を規範的とすれば、**アンチ規範、つまり実存**ということですよ。俳諧は実存をもってせよと。

この対比の二つは、**規範的と記述的・個別的（Normative claim vs Descriptive claim）**の美の求め方の違いです。前者の規範的とは、既にしてその社会や支持層の或る美の価値判断を下しているものです。つまりそれは**「不易（の美）」**をいい、求め重ねるは好ましく良いことであろうとても、文芸マンネリに堕しがちです。後者の記述的・個別的とは、一面、時代の、個々の事態や様態を指し＝つまり前代にはない事物、新しく、当時の言葉で**「流行」**という言い方をしましたが、これは規範的な美より外れ、冒険的でもあり、新感覚の付合をもたらしました。「流行」、何も全句をそうせよというものではありません。また芭蕉さんも常にそればかりしたというのでもありません。しかし当時にあって、狭き門を開放したことは確かでした。

（補足）談林俳諧の出現やおそるおそるの芭蕉さんの出現は何も突飛なことではないのです。何ごとも一旦標準化されれば、自ずと権威化し、排他的にもなり、好まずともマンネリに陥るのです。権威的とは、貞風のこと。その前期は良き目標として和歌・連歌の歌の道の権威に対し、準勅撰でもと頑張り、筑波の道を求めました。それが実を結び、今度は自分の式・風・作法が標準化、権威化していたのです。

やがて野々口立圃や山本西武という人らも躍起として争い、新風を唱え、成不成はともかく、時代は革新機運が起こっていたのです。松江重範（『毛吹草』起草）は池西言水や上島鬼貫らも迎え、そのまま西山宗因らの談林時代に突入して行ったのです。そうした中、時代を当時肌で受けとめていた芭蕉さんも、漸く乗り出して行ったのです。そしてそれを蕉風固めするには、まだ何年もかかるのですが、そのとっ掛りがこの口筵している『冬の日』あたりのことなのです。

戻って、これらの考えより、問題の二句、

5　朝鮮のほそりすすきのにほひなき　　杜国

6　日のちりぢりに野に米を苅　　正平

の趣向は、人の（農）作業のことをいいつつ、それを為した**時分（薄暮・夕暮れ時）＊**のことをも叙していることに気をつけねばいけません。ここではこの特定の時分＊のことを疎かに出来ません。全体の主題・副題とも考えられるからです。「ちりぢり時＝散光どき、たそがれ」を**「衰退」**のことにいいなせば、今や、赤馬だったのが細って「芒」になった「馬」というのは、そう、**旧弊俳壇**のこと（しかもそれは、自分たちがこれまで遊んできた＝微温湯の旧来の流儀、更には談林）を指す　とせねばなりますまい。それが今や改めねばならぬとの認識・謂いの前段階のことだったのです。

俳諧の歴史的在りようをいうに、**先**ず、第三では**有望な時分（有明）**を起こし＊、**中**の（5）では、朝、鮮かだったのが細り匂をなくし、**末（折端）**では日のちり〳〵の**衰退**（時分）を、歌仙の連ねの裡に順に、対照的に申しました。これも見事な構成の美的な運びでした。こうした時分の象徴（消長）も、この歌仙の主題意義でした。

（＊まだお話ししていませんが、この第三の有明は二つの解釈が出来ます。一つは連歌から派生した俳諧のことを大上段に、それは面白く酒屋、有望な（有明）文芸だと。二つは小さく卑近に、この座（酒屋）を設けた（主）の野水の将来有望なこと（これは次回に説明します）と）

こうして、表向きの言い方や解釈はぎこちありませんが、**裏の主題の「通奏低音」**は画期的にしかも滑らかに響かせていたのでした。そして

7　わがいほは鷺にやどかすあたりにて　野水

と、裏入りの折立の句に引き継がれました。この（7）の句がどういう句なのかは次回に詳述致しますが、今までの己らの俳諧、それを「我が宿」と表現し、仮に訪れる渡りの鷺（のような俳諧師）と遊んだ宿（家）ぐらいな（辺り＝程度の）ものだったなどと

自省しているのです。その程度・レベルを、鷺の宿とすることから、辺り（地辺）と、句では地の方角範囲に言葉を叙したのです。細かい文辞の配慮でした。

（尤も、（6）から（7）への展開、転換は、右のこと、右の案じ、解釈からだけで移り、繋げたのではなく、**或る特殊なこの歌仙事情があった**のです。それも次回で説明致します。ここら文法解釈やら何やら、ちょっと難しかったですね。少し我慢ですよ）

（二）

『冬の日』（狂句木枯しの…）の仕立て・構造のこと

（前章は、ここらの付合が普通常識的な連句の繋がりの読み（表解釈）で、前から順に後ろへ読んで解こうとし、でも幾ら藻掻いても、何とも不明感が残ってしまうこと、そしてその解明の手順の一助をお話しました。難しかったですね。では何故そういう難解な詩文をしたのでしょうか。談林の志向する風の影響が多分にあり、「匂付」の難しさも関連しますが、ここらの付合は、**芭蕉さんが手取り足を取って付け進め**表にした（だろう高度な考えや句づくり）にもよります。ならば、連衆名の吟の想と表現の半分は、**芭蕉さんの想と表現**だったのですね）。

晦**渋**、それは文芸の一つの方法、在り方です。そして、「表意味の繋がりの不明」を浩然とも為されるのは、文芸としてそこに当然、その運びには秘めたる裏の物語や意図があり、カモフラージュした構成の在り方、筋、流れにこそ、主眼があるからなのです。それを解明しなければ、ここに取り上げている重要な『冬の日』歌仙群も、何らの意味も意義もありません。そして、その座だけが解る「カモフラージュ」があるとして、その（晦渋）を解かねばなりません。或る意味、文芸鑑賞の醍醐味でもあります。そのことの絶好のサンプルでした。

さて第三まで戻り、問題の

3　有明の主水に酒屋つくらせて　荷兮

の意味ですが、酒屋は接待所、つまり、芭蕉さんを迎えるこの『冬の日』の座を、尾張の盟主、実力者の荷兮が、これから俳諧界で芽を伸ばそうという（有明の？）野水をせっつき造らせました、設けました　というのです。それを字面（遣う語彙・文字）、わざと晦渋し、紹介しました。（荷兮の方が上位で、根回し、下知したのです）

その「有明の主水」なる語は、（宵）種々考察の結果、「亭**主**野**水**」を指すのだと解きます。この「**の**」も第五で見た「朝鮮の」と同じ遣い方でした。有明なるという叙事を付しました。しかし「主の水」を「しゅすい」と読ませるかは、それが実としても、（主十水）の分解が出来た者しか意味が通らず、世間的に読めず、却って難渋させます。だから隠した跡が解るなら、語彙の発音（ヨミ）は普段ありふれた謂い（＝**もんど**）とでも擬制して読ませればいい　と。ここら文芸の晦渋の仕方、手掛かりのことです。些細なことで深く詮索しなくていい。こうした第三の謂い（晦渋の仕方）と同じの謎句の在り方で、前回、**（5の朝鮮）は、朝＝（以前）は　鮮やかを（ちょうせん）**と読ませた晦渋でしたが、こちらは更に重要でした。

なお、第三のその**有明**とは、「①未明なるも②有望な」、「①時分と②或る優れた素質」のことです。**ここでは天体の月そのものではありません**。天体の月が主水に酒屋を造らせることはあり得ない！　だからそれは人のこと。ただ有明月を略して有明というのも慣用ですし、ここはそれ（月）を思い浮かべながら、有心（うしん）に、人を吟じた、そういう者と読めばいい。（細かいことを言えば、歌仙では（秋三句以上続かせる）決りがあるので、その人の有明なる（前途有望な）ことを内に包み、連句人向けには、「有明」を天象の秋の（月）とも**擬制**するだけなのでした。なおまた何故この月が秋なのか、前二句冬の続きのことなら冬月でもいい筈。なのに、そうすれば4～6句の秋句連は無月となるし、寺院の門茶＝接待（ここは酒屋）を秋季と歳時にいうことも援け、秋（月）とし3～6句の四句連を秋の叙事とする**だけのこと**なのです）。

なおまた実態が亭主野水のことだからと、もしこれを直接人名（モンド）と考えれば打越（竹斎）の禁に直ぐに触ります。野水とはいっていません＝亭主野水を暗示するだけ（打越の緩め＊）。「つくらせて」の相棒は人だから、そういう**役（キャラクター）**です。これらの詮議は余り意味ないこと。長々と説きましたが、そう心得るなら意味上は「有明（月）のような若くてまだ未熟でも将来性のある野水を亭主に（接待）の俳諧座を準備させた」というのが句解でよろしい。凝りに凝った作りをしましたね。

＊文芸は、言いたい志をいうのが大事です。連句は打越の禁など普段は大事な掟ですが、ここぞという時は緩めたり外していいのですよ。これを逆にすれば、本末転倒になり、文芸でなくなります。

それら（有明の主水とか、赤馬、朝鮮のすすきなど）は、何かを隠した表現なのですが、それは右の諸々の想定からの、或るニュアンス、印象を伴なった観念がもたらした文芸でもあるのです。しかもそれが、座で皆には解るので擬制の月が、俳諧の座で付合が成立したのでした。（連句は全国民に解らせようとする文芸ではない）。

表**文芸が「晦渋」する**のは、内容を曖昧に不明確に敢えてする＝**意図的に為す**こと。それは本来的に素直でない、大人の悪芸を為すのです。しかし作者にしてみれば、そうせねばならない考えがある。またそうすることにより詩文が多分に不思議な感覚を覚えさす効果をも求めるのです。それは文芸の一方法、しかも有力な方法でもありますので非難すべきことではないのです。それを為す、作る、創るのは、作者側の勝手であって、それを精密にも読み取らなければならないのは、読者、鑑賞者、批判者、研究学者、学生の側の課題、仕事なのです。

●先著（『芭蕉さんの俳諧』）で既に解明したことですが、尾張でのこの巻『冬の日』第一歌仙の座は、芭蕉さんと連衆の**初会合**でした。もし日常邂逅の場面なら、普通まずは挨拶でお互いが自己紹介などし、近づき親しくなることを心掛けるでしょう。連句作品としてはとても特殊なことですが、ここではそれを**連句実際の場でしたのではないか**と考えれば、この第一歌仙の表、つまり出だしの付合は、もしかして**それぞれの句々は、「自分たち吟者の紹介」をした**のではないでしょうか。

しかも凝ったことに、おまけに、いや主眼が、**「前吟者のプロフィールを次吟者が紹介」する**という、通常の俳諧連句の**表**とは甚だ異なった趣向と構造の、特殊な一連だったのです。そうしたことで連句をするというのは極めて特異なことです。しかし、一旦そうと見破れば、この難解な内容も、理解出来てきますよ。それは通常の外からは全く見えない（晦渋＝仕組まれた謎）で為されたことでした。

（こう考えたことは、全く本邦初の解き（説き）でしたが、そう考え世に発言したことは、三十年後の今日、なおいささかも齟齬はありません。今ここでお話しているのは、それを補完するまでのことなのです。こんな謎解きは、学校（アカデミー）では誰も思いつきもせず、だから教えませんし、今まで何百年うだうだと考えても全く説明出来ませんでした。ここで新考、どうぞ改めてお受け下さい）。

前吟者のプロフィールを次吟者が紹介するという本巻歌仙表の構造のこと、それは多分、「こういう**段取り**で連句を始めよう」、「今宵芭蕉さんを迎え、これまでと違い新しい俳諧をしようとしている尾張我ら旗揚げ衆のプロフィールを紹介し、表一巡で残して置こう」と、**甚だ特異な趣向**の筋ですが、通常の其の場即吟でなく、多分芭蕉さんと連衆が**打ち合わせ**した上でのことではなかったかと推測致します。何故ならこれほどまでもの見事な蔭の構造の文芸は、即席ではなかなか出来るものではないからです。

（なお先著では、他に二つの論考（読物）を掲載していますが、それらも同じ趣意を既に読み取って居ります。通してそれを、**「通奏低音」**の意図と仕業、(1)**己れ芭**

蕉さん新風改革のことと、②エロスのこと）と包んだのでした。この二つのことは、別物ですが、通奏低音として、芭蕉さん生涯について回ることなのです。ここの話も、今後しばしば、この二つが憑いて回ります）。

この運び、文芸として見ても、二句間の付合呼吸、たとえば（5~6）の、「**ほそり~すすきの匂い（すら）なき~日のちりぢり**」という受け継ぎなどは、付け方・付味とも申し分ありません。そのプロフィールの紹介、例えば折端付句（6）の意味や示唆すること（考え方）は、前吟者＝杜国は生業が米屋だから、田や米関連と紹介したと。それを「野に米を刈る」＊としたまでならず、見事にその真面目な勤勉な性格まで描写しているではありませんか。ほかの各吟者の謂いも、そういう相互紹介の筋でした。

（＊この「野」は、中央ならぬ野で文芸する意味です（後述））

そういう解釈の図解を、各吟句の意図とともに再録しますと、次の図の様でした。見よ　この文芸　幾何学模様の　何と見事なことよ。

「前書」（略）　（吟者）（意義＝示唆する人物＝前吟者）

発句　**狂句こがらしの身は竹斎に似たる哉**　**芭蕉…（発句者己のことを自己紹介）**

（私は木枯し風に吹かれて、衣も破れよろよろと尾張に辿り着きました。
狂句だけは誇りに心に矜持していますが、いわば彼の京から尾張に流れ着
いた藪医者竹斎のような者で）…**（座への謙譲　挨拶句）**

脇句　**たそやとばしる笠の山茶花**　**野水…前吟者芭蕉のことを示唆**

（いえいえ木枯風をお出でになったのに、誰が粋の象徴の山茶花を散らし
ているものですか**（反語）**しっかり旅笠に付いているじゃありませんか）
…**（客＝発句者への尊敬　挨拶句）**

第三　**有明の主水に酒屋つくらせて**　**荷兮…前吟者野水のことを示唆**

（未だ暗く（未熟者で）はあるが、尾張では前途有望の野水氏を亭主にし、
この酒屋（俳諧座）を設けさせました＊）。　＊つくらせての口調から、
多分大垣木因からの誘いを受けて、差配画策した上位者の言。

第四　**かしらの露をふるふあかむま**　**重五…前吟者荷兮のことを示唆**

（その様に差配した頭領（かしら）は荷兮殿です。力馬のように、ここ数日豪い働き振りでしたよ）… 野水らを説き座を実現させた荷兮の力仕事を傍で見、援けもした重五ならではの吟か。

第五　朝鮮のほそりすすきのにほひなき　杜国…前吟者重五のことを示唆

（そういう重五氏の生業は店先に材を立掛ける繁盛の材木屋です。俳諧座では趣向を申すべき程でなく、第四（包丁）くらいでの者で、句もいささか情緒に欠けますが）… **（仲間内の謙遜））**

第六　日のちり〳〵に野に米を苅　正平…前吟者杜国のことを示唆

（折端）　（杜国さんは米屋です。元来俳諧心あり、日暮れのような昨今俳諧界の堕落を避けようと、中央ならぬ尾張で（野で）こつこつ真面目に、勉強（稲刈り）して居られますよ）

或る文芸の集の制作が、このように緻密に統一の取れた（幾何学的）構造にても為されたことは実に驚きです。連句としては特殊な運び、それは周到な事前調整の果実でしょう。**甚だ近代的な感覚**でのこと、しかも見事な出来でした。ここにこの歌仙の知られざる、大きな隠された魅力がありました。そして従来全く気が付かれませんでした。

更に**五つの各歌仙**、順に担当した発句者が、そうした新俳諧への向き合いに於て、従来自分たちの俳諧はどうであったかなどを、**発句と脇句で観相を述べ合いました**。次をご覧ください。どれも正直で実にいい文芸でした。凄いことです。見事でした。しかもそれぞれの発句はご丁寧にも「**前書付**」だったのです。とてもよく解ります。俳諧の座はこうして遊んだのです。文芸をこうして為したのです。お座敷俳諧ではありませんでした。

笠は長途の雨にほころび…（省略）…　（前述）

狂句こがらしの身は竹斎に似たる哉　芭蕉
たそやとばしるかさの山茶花　野水

おもへども壮年いまだころもを振はず
今まで知らなかったなあ

はつ雪のことしも袴きてかへる　埜水
霜にまだ見る蕣（あさがほ）の食（めし）　杜国

つえをひく事　僅に十歩
新しい俳諧もまだ数歩で

つゝみかねて月とり落す霽（しぐれ）哉　杜国
こほりふみ行水（ゆくみず）のいなづま　重五

なに波津にあし火焼《たく》家はすゝけたれど
昔の俳諧の煤けたことよ

炭売のをのがつまこそくろからめ　重五
少し懐かしいが

ひとの粧ひを鏡磨寒（かがみときさむ）　荷兮

田家眺望
（後述）

霜月や鸛《かう》の彳々《つくつく》ならびゐて　荷兮
冬の朝日のあはれなりけり　芭蕉

図らずも、第五歌仙で荷兮が前書で述べている「**田家眺望**」のように、今までの世間で皆がする「お座敷俳諧や談林調」ではなく、初めて、（文芸、志の、真面目な）田家風（**野**＝田舎＝非中央の）俳諧を、慣れない句付を求めつつ、沢山、蕉風新俳諧をしたこと、それ難しく、連衆の疲れ切った、しかし満足した顔々、その座を眺望したら、**鶴が彳々並**んでいるような　と。そしてそれは霜のような厳しさの俳諧修行でした（また霜の月（がつ）の厳しい芭蕉さんの前に彳々鶴が並んで）と。

　それを芭蕉さんも総合評価し、**憐れみ**、「ごくろうさん」と（脇句）慰めたのでした。これが真の俳諧で、夜に日に接いで巻き上った朝、差し掛かる朝日も、ⓐ皆萎れて憐れ、ⓑいや　皆あはれ、あっぱれ　と見ていますぞ　と。こうしてここに到ったこれらの句々の、綴り終えた句々の暗示や晦渋も、最早や朝日に明らめられ、率直であったのです。後味がいいですね。

『冬の日』（3　4）へ大きく戻ります。

（5）の「朝鮮」が、二案目の「挑戦」を暗示するか　などの本位のことをいうは、もうお節介なことでしょう。ともかく革新は挑戦なのです。我武者羅に汗露を撒き散らせて力仕事をせねばならぬことなのです。それが前句（四句目）の重五の「赤馬」の句でしたね。その限りでは、また芭蕉さん革新の努力をいうとしてもよいのですが。しかしここ表の秘密の構成仕立ての主旨（先述）では、前句吟者のことを叙する仕立て方針とするのですから、前吟者荷兮の気配り、つまり若い野水を亭主と据え、この座＝（酒屋）実現に漕ぎ着けた実力者の力業のことを暗示する（第三）であったのです。

3　有明の主水に酒屋つくらせて　　荷兮

主水の解釈は先著（p38～42）に種々考察して置きましたが、先ずは単純端的に、亭主野水のことでしょう。**ありあけの**　は、これから日が昇る、まだ世に出ていない頃の、歳若い、希望の　という意義で、当時の野水の風貌を叙しているのです。月や星そのもののことではありません。　ずばり、**未明の時分**のこと　なのです。有明とは、未だ暗いながら、既に、明　を胎蔵している期待の時分です。連句人の常なるいい加減の語弊で、有明＝月、秋月と短絡しない方がいい。秋の気なし、実は、季語でなく**雑**。ただ語の有明が月詩歌や連歌の用法の慣習を流用しただけのこと。そして次、秋三句はおろか四句続けた（発句脇の冬季から季戻り）と見るか、雑とし次の第四から秋句を始めたと考えるか。好きでよいが、後者が宜しい。なおこの酒屋は醸造でなく、お客接待の店のことです。

また亭主野水を暗に示すとさへ心得るならば、**主水**を**モンド**と発音させ、何がしか（水、粥、氷室などの液体の御用、ここでは　酒＝祭用）を司る役をいったと考えて宜しい。

細かい配慮です。ですから、これは**身分（キャラクター説）**です。ここのモンドは**人名ではない**。人名は発句に明確に竹斎が詠み込まれ、第三は打越に当ります。発句の人名の竹斎を薄めない方がいい。つまりそれ、実は**（テイシュヤスイ）**を暗示・示唆するのみ。だから**シュスイ**と読んでも**モンド**でもよい。そんな読みはどちらでもいい。こうした暗示をいうことを、こうして考察してこそ後世の者には解り、その座の連衆には鋭い詞感覚で直観させ、前句を納得し、付句を繋げればいいのでした。謎解きの面白さですね。志の言辞を文芸にするのに、一字を入れ他に入れ替えたりすることは、文芸多々あります。それが紛れになるは致し方ないことです。むしろそれを狙うのでした。

有明に対して、**日のちりぢり**は、前時代・現時代の世の俳諧の考えやレベルを、それが最早、宵の口で末期的だと云ったのでしょう。中央（俳壇）はもう堕落し、野、外野の新鮮な俳諧をしようという意向なのではないでしょうか。だから今、芭蕉さんとこうして、野人俳諧をしている　と。それ（折端）を受けて、（折立）標題掲句「わが庵は鷺に…」の野水句ですら、単に情景に情景を付けたというぐらいの軽い、いい加減であろう筈がありません。皆、座で、真剣に俳諧をしているのです。

先に述べたとおり、前段を受けての、裏入り折立てをどうするか　というに、表は、初会合の連衆の、同根を確かめ合う意義がありました。通常の座では、表は大人しい句柄を出句、付句する習わしですね。本来、志の合わない者が俳諧（連句）をする要もなければ、意義もないことです。最初から気張って丁々発止せず、和気藹々に、真面目、実（誠）の追及の人かな　と、座の人は句から吟者を見るのです。しかしこの座、ここ表では、会衆それぞれの生業とかプロフィールのことを、客の芭蕉さんに紹介しようという、そして句毎に前句吟者を、後句吟者が紹介するという、隠れた趣向で連衆固めをして来たことと説いて来ました。何と奇抜な構想でしょう。

しかし、脇吟をした野水は、表の吟で、発句（芭蕉さん）への亭主役として挨拶はしたものの、また、三句目の荷兮が己野水のこと、酒屋を担った役目の褒めの筋で紹介して呉れたものの、まだ野水自身の俳諧のことに、言及がありません。已む無く、自身をいうべく、「わが庵は」と謙虚で、拙い己　と、この吟を立てたのです。その筋では、裏にめくって（折立）とはいうものの、実はまだ表の趣向の続きで、もしかして表六句という機械的教則の折でなく、七句目も表である（実質七句表）ともいえもしましょう。皆さん文芸、形式や規則のことは、柔軟に考えましょう。そこで、亭主　野水吟

わがいほは鷺にやどかすあたりにて

の「わが庵」とは、今まで普段の野水らの俳諧（の席）の在りようを申したとするのが妥当となりましょう。庵というのは粗末な謙譲です。家とか殿、屋敷ほどの位をいいま

せん。それが尾張己らの今日までの実態であり、芭蕉さんの在り様をつくづく観じて、我らのはまだ俳諧真剣ではなかった、構築立派な屋敷、殿などではなく　不埒な?鷺相手ぐらいの庵だったと。後述しますが、この自覚は、(草の戸＝雛の家)の再発見・謙虚の反省と同じ位相のことなのです。

―語句の検証―

鷺…(旅)路の鳥　…　客　今こうして芭蕉さんをお迎えしているが、実は今までも、東海道多くの旅の俳諧師らが来て、それぞれ言い分の俳諧興行をしてきた。端に宿を貸すだけだったか　と反省。(鷺は多くは留鳥で、夏鳥、冬鳥の渡りも)。

あたりにて…　甲でもなく乙でもなく、a位置・方角。近所。b程度・レベルのこと。cあいまい(貞風でも談林でも宿を貸した旅鷺次第で、変哲もない俳諧を)。

―**句の構造**―

	【在り様】	【形容】	【定着助詞】	
1	**己の身は竹斎に**	**似たる**	**かな**	…(表　発句)　芭蕉さん挨拶
	≒	≒	≒	
7	**我やどは鷺に貸す**	**あたり**	**にて**	…(二の折立≒第二の発句)　野水吟

（やつし）（曖昧な非断定）（断定止め）　　だが、芭蕉さん手直しし、野水を立てたのでしょう。多分名配。両句、表発句と折立発句が、上中下語全てで、見事な対応ではないでしょうか。つまり（7）は（Ⅰ）発句の再現の意義で、芭蕉さんと同位置（俳諧改革への自覚者）での野水を示したのではないでしょうか。

～（ちょっと休憩）～

『冬の日』の尾張数日滞在の、芭蕉さんの饗応（茶の接待、食事、殊に夕食や酒席）は、どういう具合だったでしょうか。前日まで、また初日、初夕の饗応の模様、その後数日の間のそれはどう？そして一体何処に宿させたのでしょう。野水亭なのか他の宿（屋）か、一所なのか転々と寄食ないし接待を受けていたのでしょうか。そういう記述は一切どこにも残っていません。野水は亭主役を演じているが、実際この俳諧が野水亭で為したかどうかも判然とは分からない。どうやら違うらしい。宮町通久屋町西へ入ル南側「傘屋久兵衛借宅」（『並増減帳』）、現在のテレビ塔付近とも伝。ともかく芭蕉さんは、尾張に十月下旬から二か月も滞在しました。その間、他家の客になったり、巻の手直ししたり…また座の周りのことなどは、どうだったのでしょう。

そしてこの巻集、完成後発刊されましたが、その座即事で治定されたものではないでしょう。私たちが宗匠・捌きの立場をする場合と同じく、後に、単純な校合やら、語句の入れ替え、案の練り直し、修正など、完成へ完成へと、ねじり鉢巻きでしていたのではないでしょうか。しかもその年内、短期間に出版されました（後述）。ここらもし小説を起こせば、結構面白い筋と描写が出来ましょう。隣の熱田のことなども記さねばならず、是非記してもみたいところです。

また、この座の**尾張の人物の、その後**についてですが、（**荷兮と杜国**）の二人とは、その後も交際多々ありました。裡々という感覚です。それに対して（野水と重五）とは数度の邂逅は文献に残っていますが、荷兮や杜国ほどではなかったようです。野水は「有明の主水」だったか、のち荷兮編の『春の日』で歌仙に参加したり、同じく荷兮編の『阿羅野（曠野）』では、『白氏文集』を題に吟詠する教養もあり（巻之六）、また（員外）には荷兮越人との三吟も残すなど精進しています。呉服商で役人だった由。

（**正平、羽笠**）は、以後芭蕉さんとは殆ど交通のあった節がみえません。殊に（正平）は、『冬の日』の三篇の表執筆役を務めただけで消えています。（羽笠うりつ・うりゅう）は『春の日』『猿蓑』に名あります。東海道をしばしば下る芭蕉さんは、尾張を通るも、羽笠とは逢わず、むしろ熱田・鳴海の連衆（知足、桐葉など）との付き合いが親しくあったようです。正平、羽笠が消えたことこそ、実は最大の**謎**だったのです。

三年後、貞享四年十一月荷兮宅にて岐阜の落梧、蕉笠を迎え三十句興行した『稲葉山』の巻があります。この時、落梧が芭蕉さんを岐阜に招こうと願ったのです。（とはいえ蕉風、尾張が先で岐阜が後ということではない。木因たちの美濃大垣の隣地の岐阜（当時井の口）にもお出でなされという挨拶でしょう。既に蕉風は伝わり創作も為してはいたようで、そのよき俳諧続いていることでしょうと芭蕉さん挨拶返したのです）

発句　**凩のさむさかさねよ稲葉山**　**落梧**　（正風への改革苦労を共に）

脇　　**よき家続く雪の見どころ**　**芭蕉**　（既に大分新風もなり）

これは、『冬の日』の芭蕉さんの（狂句木枯しの）句に呼応したことは明らかです。荷兮、野水が同座しています。越人、舟泉ら名古屋人の名は見えますが、杜国や重五の名はありませんでした。当に**美濃～尾張～美濃の「蕉風」のリレー**です。（この他の巻でも、**荷兮**、**野水**、**越人**、**重五**らは度々会合していた節があります。（杜国）は米のノベ取引の罪で蟄居し、「何の木の」巻には「の人（＝野人、野仁）」の名で参加しています。）

しかしこれら数年後（貞享四年十一月鳴海の業言亭「京までは」、翌日、如風亭同連衆と「翁草」、更に翌日、安信亭「星崎の」、十日後、知足亭「笠寺や」、七日後、熱田宮「磨なをす」（桐葉両吟）など）に名があっても、芭蕉さんを含め、かつての『冬の日』の志の高さや詩情の横溢は見られません。中山道筋の美濃（岐阜大垣）の連衆とは、生涯濃く（岐阜・大垣蕉門を形成）していたようです。

つまり此処『冬の日』の**尾張連衆と芭蕉さんは**、**不思議な一時の縁**でした。志同じうし、あれほどの**名句**をぞろぞろ残した者たち、荷兮と杜国を除いて、以来さっぱり世の表（集や文献）に現れないのです。もしかして喉元過ぎれば身に付かず、或は迷いが生じて俳諧連句文芸から遠ざかったのか。いやもし本当は、皆がそれほどの堪能者でなかったのであれば…名句揃いのこの五巻の歌仙、実は席上、彼らの出句は、殆ど芭蕉さんが、出句の素案をとことん手直ししたのではなかろうか　と勘繰りも出来ます。そして**最早、連衆だけでは、再現の欠片も出来なかった**とも。実はそれを正直に云ったのは、第四歌仙から参加した**羽笠**の幾つかの秀句。五歌仙終えた後に、名残り惜しく余韻も募り**「追加」六吟**したのでした。その初句から見てみましょう。

いかに見よと難面（つれなく）うしをうつ霞　**羽笠**

それ、実の告白をしていると見ます。これは蕉風初めて実体験した者の**正直な驚き**のことではなかったでしょうか。第五歌仙の荷兮発句（**霜月や鸛の彳々ならびゐて**）の裏打ちですね。「うし」は大人、ますよ、牛、鈍重な我ら、従来の俳諧、それしか知らずして今までやって来た我ら尾張連衆と。それを厳しくと。

それを承け、次句、この座を斡旋した荷兮は、適確に叙しました。

樽火にあぶるかれはらの松

その読み（例えば樽火とは何かとか）は、今は稿も長くなるので省略しますが（先著ご参照）、火が点いて音激しく立てて燃えるとは、拙く貧しき我ら（枯原）の俳才に、松（翁）は色失せたか、いや樽火に顔も火照るようになられつつ、教戒熱心そして躍起に働かれた、枯原の孤松の如き芭蕉さんだ　とでもいうのでしょう。

以下四句もその筋です。

とくさ刈る下着に髪をちやせんして　　**重五**

（やつしつつ、その端正なお姿。木賊は鏡磨きの材　我らを）

檜笠に宮をやつす朝露　　**杜国**

（由緒正しい俳諧の考え、潤いを味わわせて貰いました）

銀（しろがね）に蛤かはん月は海　　**芭蕉**

（いえ　皆さんも有望な蛤です　銀貨出しても買おう　蕉徒になられよ）

ひだりに橋をすかす岐阜山　埜水

（その御恩は　何処から　と謝します（後述））

面白い。1，2句、霰に打たれ、火に焙られ。3，4句、歌仙を叱咤激励して引っ張ってくれた芭蕉さんの姿、それは鏡を**磨く**用のとくさ（木賊）刈りであり、句を整えるに偉ぶらず（粗末な作業着姿、髪は立派な髷をせずして楚々と括るだけ）、その頭に被られるのは烏帽子でもなく粗末な菅笠でもなく、匂いも高貴な檜の旅笠でしたか、それしっとりと朝露も帯び（やつしながらも実は風雅のお方で）と、尊敬、感謝を皆が表せば、芭蕉さんも、五句目、連衆を慰め、

いやいや、あなた方は有望な、蛤貝（字解：虫の合う甲斐）で、

私は銀貨を出してでも買いますよ　何てったって、私は自負もする

月（ガツ：漢（やから）：精力絶倫＝海）ですから

これら（宵）の云う、かの「**通奏低音**」を骨＝筋立てとして読めば、よく解り、最高に面白いではありませんか。しかも露から蛤、月（がつ）、その海と、裏（真意）は、またエロスからの発想ですし、意図をもって晦渋したのでした。エロスは生の原動力、俳諧文芸なのですよ。

●さて、そこまで読み解いて来て、**挙句**は何ということなのでしょう。

ひだりに橋をすかす岐阜山　埜水　（亭主　野水）

は、従来誰も解明出来なかった**謎の吟**でした。わずかに近づいた解は、先著『芭蕉さんの俳諧』p136〜149。でも不十分でした。今回それを拡充して考えてみます。この稿の最大目的でもあります。多分、多分、それが正解と。でもそれに到る論の道筋は、とても長く語らねばなりませんので、取り敢えず、取っ掛かりの言葉、三つに注目することだけ記憶して置いて下さい。つまり、**ひだりに**　とは何？　**橋をすかす**　とは何？　**岐阜山**　と突如固有の地名が、最後の最後に詠まれたのは一体何なのでしょう？　「橋」は渡す、仲介するという意味があります。「透かす」とは、密かに、しかし、正しく看通す　などの意味で遣います。記憶して置いて下さい。

●**正平**　**羽笠**について　表の折端吟に三度現れる吟者の　**正平**　とは誰か　が気になります。正平の吟は、三巻まで見え（しかしどれも表折端の全三句のみ）、そこは通常、**執筆（しゅひつ）**の位置です。彼は一介の俳諧初心者で単に書記役だったのか。吟者名は、普通（執）筆と記すところ、在り合わせの名で、正平と記しただけなのか。なら（執）筆でいいのではないか。初心者なら、芭蕉さんの親切な手直しで句が入集されたのだろ

うか　など考えられます。実は執筆と記せない謎があったのです（後述）。

（連句の座の執筆のことなど、ご参考までに若干補言致します）

執筆は、本来宗匠の次の位・実力者が務める慣習です。正式俳諧の座では、**宗匠の脇で、出句される案の差合いなど吟味し**（一次校合きょうごう）、句の取捨の前段階を務め、採否を宗匠に諮る仕事をします。

詳しくいうと、連座する正面中央に座り、出句を受け取り、宗匠治定句を文台上に拡げる奉書＊などに書写する役です。連衆は自席で己の出句案を小短冊に書き、それを持って執筆の前へ進み寄り、執筆に口頭言上、採決を伺う。会が進めば、各自座からの遠声で、これを済ますことにも略されます。執筆の吟味で、句案が禁忌打越などの咎がなければ（あれば執筆の権限で一直し）、宗匠に伺い、それ宗匠が宜しいと頷けば、または宗匠が更に手直しして治定したなら、執筆は正面に向き返り、大声で句を唱え、案出者は自席に戻り、席の連衆はその句を、己の懐紙＊にしたため、次句を案じます。俳諧は時間が懸ります。ゆっくり進行します。だから佳句を得るのです。宗匠は正面やや左に座れば、如何にも差配役の執筆が、座を実質リードする中心で、主役の観がするものです。

（美濃派正式（しょうしき）俳諧概要）

＊俳諧連句の巻の文台上での清書は、正式なもので、いわゆる懐紙ではありません。大

振りの格式ある紙、奉書などです。終了後、床座に飾られてある文芸の神に奉ったり、人に見せたり交付したりし、書の達人でなければ務まりません。一方、懐紙とは、小ぶりで文字通り懐（ふところ）に忍ばせるメモ書きの便利用紙をいいます。菓子受や鼻紙にもします。

多くの場合、最後の「匂い花（旧式）」を貴人ないし宗匠が成句し、その後、執筆は手練れゆえ、挙句をそそくさと？付け、巻の興行を仕舞わせたりします。

●それなのにですよ、この座では、正平は単に表の折端をしただけです。（通常、表折端などは多くは執筆役がします。余り意味を持たせず、表の格式あり重い面を、そそくさと早く気分転換させ、裏移りさせる為もありましょう）。ここでの正平は、通常の執筆のように、歌仙の（重要な）挙句には登場しませんでした。便利に使われた感じがします。或いはそこだけ、吟者名を正平として名配されただけかもしれません。つまり、何らか事情あってそうなった、或いは初めから架空者の名配なのか。そうだとすれば、**執筆役正平の真の吟者は誰か。**それは実名を隠さねばならなかった者ではなかろうか。このことは重要なことで、従来のように、不明のまま放置は出来ないことです。（本章は短いですが、先に挙げた歌仙出だしの模様の新解釈と、正平を謎の人物とすることは、実は関連があるのです。後に詳述します）。

（三）

「野」「馬」「横」「家」などの辞について

（表の折端（6）　正平吟**「日のちり〳〵に野に米を苅」**　の詞について、第一章の説明、もう少し論を進めます。これらは、芭蕉さんの志に関する重要な言葉群です。このような重要な謂いを、表折端に如何にして正平が為したのでしょうか。表折端は裏以降の連ねを促しつつ表を終らせるのです。そんな意義を正平が為しながら、何故、以後に吟をしなかったのでしょうか。正平は決して初心者ではなさそうです。）

ここで遣った言葉ですが、「田の稲を刈る」とは普通いいますね。**「野に米を刈る」**は正しくないでしょうか。まあ、「田んぼの米を刈り入れる」などは俗語では通用しています。しかし「野に米を刈る」は、野での収穫などいうは普通じゃない　と、そこまではいいけれど、くそ真面目に考えて、陸稲（おかぼ）刈りではないか　という珍説も出たことです。ここはそんなことではありません。ここでいう**野**ということ、しっかり考えねばならない大事なことなのです。でも確かに普通の謂いではありませんでした。

（蛇足ですが、稲田、米田、また米野もありますよ。岐阜県南部の木曾川沿い北岸に米野という村（戦災で（宵）は焼け出され、翌日二里の道を祖母の実家へ避難したのが米野村でした）。ほかに大垣の揖斐川沿い、また名古屋（尾張）にも米野町（名古屋駅から出る近鉄に米野駅あり）。なんと『冬の日』の座が三百六十年前（１６８４）に持たれたのもその近辺であれば、不思議ではない言葉、通用の範疇でしたよ。但し此処の連句の辞は、そういう地名ではありません）。

なおまた、米とは、普通は稲の実をいいますが、古来には稲のみならず、黍、稗、粱、菰、大豆の実を「六米」と称しました。此処での**「米」は暗喩**で、六米の中の**上等な実**のことでしょう。

「米」を、既成の連歌、俳諧作法以上に**上等な俳諧**を意味すると考え、そして「田」は既に整地した地、一方「野」は未整理地、未人為の地と。それが意味することがここではありそうなので、つまり野でなければ上米は出来ない　と逆に偏屈なのです。「野」を単に、あり触れた田舎の光景の草原、野原と安易に考えないことです。**「野」**は、①野辺、②中央ならぬ外野界、して③芭蕉さん俳諧を意味するとしましょう。そこでのみ、

真の俳諧文芸を得る　と。こうした考察を経れば、（野に米刈る）とは、手の入っていない革新的な志で、新しい俳諧の世界の「野」で、（立派な米）を収穫せん、**今までの在り来たりの、「雛のような未熟な」文芸でなく、生きた熟せる「大人（うし）の」文芸を制作すること**　と、正しかるべき答えに行き着きましょう。

●実は**（「野」「馬」「横」「家」）**の辞群は、蕉風旗揚げ『冬の日』のテーマであり、重要なキーワード。この巻は、発端から本質的なテーマをいっております。それらは芭蕉さん生涯の柱で、例えば次のように、**『奥の細道』那須野の段**では、二度にわたる野辺行で、詳しくも叙しています。

①**野中の路は「縦横」に分かれて居り惑い易い**が、**馬のままに行け**といわれ、芭蕉さんは野良男の馬を借り受けました。「縦横」という語は、順序なく、滅茶苦茶に、横着に　などの意味がありますよ。**野中の路とは、俳諧の考え方、仕方**のことと置き換えてお考え下さい。そして草刈の男は忙しいので？乞われても自身が馬を曳いて旅人を案内出来ぬので馬を貸した。芭蕉さんはその借りた馬に乗り、（馬の赴くままに進み）、或るところで馬を降りたら、馬は独りで野中を帰って行った　と。**馬は自ずと野中を進み得、自ずと帰って行く**　ということを、**俳諧の進むべきこと、在りよう**のこと　と考え

れば、ここ、重要なことを**晦渋**して云っているのですね。草刈男とは、迷う芭蕉さんが教えを乞いたい幻の先覚者（手解き人）なのです。しかし先覚者は馬の口を取って牽くなど教えをせず、自分の道は自分で見つけよ、自然の流れで進めれば良かろうと、馬の独歩をもって悟らしめようとしました。どう進めというのか。芭蕉さん、野を行く間に悟ったのでしょう、そこで馬を降りたら、馬は（聖職者のような顔で？物静かに）無言で帰って行った。**象徴的**です。芭蕉さん、どう悟ったのでしょう。俳諧は自然体で為せということではないでしょうか。（談林俳諧のようなのは無理ぞ　というのではないでしょうか）

注　この件りは中国の故事を採っています。斉の管仲が道に迷った際、老馬が正しく道教えをしたというのです。（尚先走りますが次の）遊行柳の段には柳の精が語り教えるに「老いたる馬にあらねども道知るべ申すらむ」と。

更に須賀川では等躬との俳席で「花遠き馬に遊行を導きて」と裁ち入れました。

②また後日、また野を行き、殺生石へと馬を引いた男（今度は、先の聖人的な先覚者でなく、俳諧を世間俳諧で指導する世の宗匠などを象徴暗示しています）が、馬の口を取って案内してくれたのだが、途中で短冊をせがみ、芭蕉さんはその場で、次の句を書いてやった（ことになっている）。即事という叙し振りです。どうしてどうして、普段

頭の中で育んで練っていたことを、その場の有り合わせ幸いに詠んで書いてやったこと

です。しかもそれは、芭蕉さん覚悟の一大重要な句でした。

野を横に馬ひきむけよほととぎす

野や馬は実景として、「野を横に」の「**野を**」は、野に在ってで、「**横に**」は、馬（の頭、行く先）を、横に（無理に）引き向ける。ほととぎすは、丁度その時上手く鳴いたのか。そうなら実ですが、そう思わせる上手でもありますね。まだ考えなければなりませんよ。単なる取り合せではない。でも

甲　ほととぎすの鳴く辺りへ、横に馬を行かしめよ　というのか、　×

乙　時鳥が鳴いたから、いい機会だから、馬の向きを横に変えよ　というのか、×

どちらも違います。時鳥は、多分、句作上の**虚**。いやそれが実であっても虚であっても、馬を横に引き向ける㋑示唆者、㋺主導者として、ほととぎすに、吟者芭蕉さんが　㋩期待した、いや飛躍し芭蕉さんが㋥ほととぎすになって、そう下知したと。

まあ、乗る馬は馬丁に牽かれているのですから、この下知は馬丁（世間）に命じた筈です。しかし**本当は**、**己にも下知した**のですよ。でも実景で子細なことなら、芭蕉さんは馬上の主なのだから、口頭で馬丁にいえば済むこと。それをわざわざ短冊に、書いた？

短冊を呉れということも含め、ここは長々と連ねても嘘でしょう。己の考えを短冊に句にした　ということです。情景　背景　経緯を舞台演技したのです。　○して（戻って）、手綱曳く**馬丁**は（汚れた手で）短冊を受け取り、その句をどう読んだのでしょう、いやどう読むだろうと考えて芭蕉さんは馬丁に与えたのか。そして馬丁は読んで？（芭蕉さんの字も相当癖がありますよ）解ったのでしょうか、感銘したのですか。短冊を貰ったことには感謝したとして、句の諭し（下知）に感謝したのでしょうか。

いえいえ、馬丁、即ち世の俳諧指導者と置き換え、**俳諧そのものを一大方向転換すべき**と、芭蕉さんは短冊にいい、下知したのです。いや己にも下知したのですよ。この第二の男は、先の第一の男とのいきさつ（文の順序）から、芭蕉さんが何か悟ったな、だから、それを確かと書いておくれ　と（物語上）せがんだのです。そういう経緯（いきさつ）なのです。（こういう虚ながら筋立てを考えるのは面白いですね）。そしたら芭蕉さんは、先の単に素直な俳諧に戻れとの悟りどころか、今度は、**更に激しく**、俳諧を改革せよ　とまで意味する覚悟の句を書いてやったのでした。それが次の丙の解釈です。

丙　更に激しく**（野そのものをも横にせよ）**とも読めます（上五で切る語順、素直に読めばそうなろう）。野を横にせよというのは、いわずとも馬の首を横に向けさせることですが、こうなると飛躍して、最早その動作をする「馬」も、させる「馬丁」も消え、もしそれが実現したなら、怪奇映画の大舞台のように、がらがらと「野」が回り始めるようなことにもなるのでした。世間の俳諧や自分のこれまでの俳諧を改めよというのでしょう。◎

（後述しますが、『奥の細道』出だしの、

「草の戸」＝（未熟）＝「雛の家」→住み替る（べき）代ぞ＝替れ

という主題は、ここでは「野」をも横にせよ　と言い直しているのですよ。それが深川の出だしよりもっと激しく、ここ那須野で覚って興奮したのです。単に鳥啼きが、時鳥に昇格？し下知までした？　面白い。芭蕉さん興奮していますね。）

ここら**改革すべき俳諧のこと**、更に考えを進めれば、己が苦労してきた程度の今までの筋（それは「野」なのですが）どころか、もっと新しい別の方向へ行かしめよ　と。そうした崇高な志の象徴者、**ほととぎす（時の鳥）**は、**己であるべき**ですから、己に下知する己、句中、**（三己）が閲（せめ）ぎ合っている句**　ということになります。

「**馬**」は、「俳諧」ないしその在り様のこと　の暗示と考えて来ましたね。この「馬」はなかなか一筋縄で御せぬもので、歴史的にも、連歌から俳諧、その俳諧も、初期また連歌に対抗するべくと権威付け（二条良基『菟玖波集』など）風靡してより、のち京風の「貞風」が時代に栄えれば、やがてその正風もマンネリに飽き、次の流行は、それへの文芸の意地たらんとする、アンチで極め付けの「談林」が暴れました。

然りそれは実際、内容の意向のみならず、言葉遣いも暴れ馬でした。俳人に与えたインパクトは相当強いものでした。或る意味、とても魅力的でした。芭蕉さんも弟子らも、全国の俳人も、当時、流行病の様に犯されたものです。但しこの談林は短期間の流行で終息しました。芭蕉さんは連歌を含む三代三風を、生涯の若い時分に経験したのです。芭蕉さんは、馬に翻弄され続けたのです。皆そうなのでした。

「馬」の辞が暗喩なことは、早く天和貞享の初期にも、（芭蕉さん案じた象徴句）

道のべの木槿は馬にくはれけり　（別案二句あり）

馬に寝て残夢月遠し茶のけぶり　（別案二句あり）

から繋がっています。芭蕉さん拠って立つ文芸＝俳諧のことです。

『奥の細道』で、わざわざ芭蕉さんは、この他愛ない「野」と「馬」のエピソードを二つ、実に丁寧に書きました。そして何故か都合よいことに、そこに野があり、馬が居て、時鳥が啼き、①の忙しい草刈男が居て、②の殊勝な馬丁が居た（としました）。

尤も、農耕の馬が、芭蕉さんが背に乗ったとたん、しゃきしゃきと芭蕉さんの行きたい目的地に向け歩んで行くものなのだろうか？（馬と芭蕉さんの行先の違いはないのかな？）など面白い異案じも出来ますが、ここは疑いますまい。また後述詳細しますが、**かさね** なる名の小娘の登場の見事な演出のことも（今は）問いますまい。その実際の日付、事件の順としても、ここらは出来過ぎな感じがします。この二つの話、曾良の日記には欠片もメモられていません。つまり、**創作話**です。一見何でもない他愛なさそうな退屈な叙述なのですが、那須野の話は、でもとても重要な作り話の地の文と真剣な句だったのですよ。

そもそも？**那須野**の、**那**は逸れ、なんぞいかん、**須**は必要大事なこと、その在りよう場の**野**。旨い具合に此処に那須野がありましたね。芭蕉さんは此処で、この地の那須野の名を何度も口中唱えたのです。そう、その**念力**で此処に、全てを引き寄せたのですよ。文芸人は時々念力を使うのです。それは連句創作の方法の「**詞付**」です。それが**成功の念力を呼ぶ**のですよ。

紀行文この場面、エピソードは表面だけ読んでは、どうしてこんな些細なことを冗漫に書いたのかと疑問が湧く筈（え、湧かなかった？）。つまり逆にこうした些細な冗漫な筆の運びに、何かそれ怪しいな、隠されているな　とヒントを受けるのです、そうして裡なる意向を探れば、実に重要で意味深長なこと、切実なことを、さりげない暗示の口調で云っているな　と、その暗示・象徴が「はた」と腑に落ち解りましょう。これ、ここ、**「野」こそが、『奥の細道』の真のテーマ**なのでした。前段の山場、サビでした。疑問の突き詰めの先に「真」がありますよ。だから面白い。

●**句（俳句じゃない句）をどう読むか**と問う。如何にもこの場面、この句の提示の仕方や呼吸は、実景実態のように思わせます。文の上手さです。古来何百万人が、これ実の文と読んだことでしょう。そして残念ながら表面の解釈で通り過ぎたことでしょう。句（俳句じゃない句）は、写生の真ではありません。それは虚句なのです。**虚で実を教えている**のです。しかも真面目で厳しい芭蕉さんは、己にも下知しているのです。つまりこれは見事な、「実に居て虚を為すな、虚に居て実を為せ」という、芭蕉さんの教育方法のカラクリそのもののエピソードでした。

「言語は虚に居て実をおこなふべし。実に居て虚にあそぶ事はかたし」

（許六編『本朝文選』陳情表（支考の弁））

言語は　というのは、俳諧は、俳の句、文芸は　と置き換え、創作の根本の主題のことです。

〜〜〜

大事な言葉遣いですので、**（横）**を遣った句（考）のことを、少し逸れた場面での句で、詳しくお話しします。前述のように、（横）には本来、力の横着　などの意が潜みます。その意義、「荒々しく、反抗する、横着、専横」など、また与党野党の「野」、内野外野の「野」＝外 の意味、それらは大人しくない、挙句に　横死　もありますよ。

重要な一句を挙げます。しかもこの句ほど誤解された句はありません。この『奥の細道』の、先の方の段で次の句があります。念のため三段に切って考えましょう。

荒海や　佐渡に横たふ　天の川

この句、上五に**主語**を置き、中七にその**様態説明**があり、下五に**折しもの添え**ないし**拡充**を配しています（誤解の異説拡散あり）。上五の主語を受ける助詞　**や**　は、特分け（区別）を表す　**は**　と同じに、主格を受ける助詞です。その「や」なる**係り**で、結びに且つは詠嘆を伴う、深い「**休止の拍**」を求めるのです。**噫**　の感嘆がそこに在るのです。読む者は、その「噫」を補い、吟者と同じく絶句（＝言葉を断つ＝黙する）しなければなりません。この句は、そこに「**断絶**」「**隔て**」をいうのです。

上五の切れの感嘆は、中七で更に深い切れ、断絶の硬直感を置き、下五の語を、余韻の定着で添えたのです。三つの切れ＊がありますよ。中七から下五を連接して、すらすらと読んではいけません。**横たふの主語**は、そこに来て、先ず対峙して見、そして深い嘆息を伴わずに居られなかった眼前の**荒海**（や）＝**主語**であり、下五の**天の川ではない**

のです。荒海が横たわっている　と嘆息したのです。
＊三つの切れの、どの切れが深いか　といえば、や　で切れる上五末よりも、中七末の　横たふ　の切れの方が真剣で深いのです。勿論下五末は体言止めで切れていますが、これは句の一般的な句末切れでした。
なお下五に置いた殊勝な**季題＊＊「天の川」**のことですが、一見「主語」の様にも見える「天の川」は、そう見せかけた**措辞（取り合せ語）**なのです。**下五の体言は強**く覚えます。勿論その客語的措辞も、句では季節語で重要な部分ではあります。そして係り結びの（中七の）用言の連体形は、その下に置かれる体言が、如何にも主のように**錯覚**させる効果があるのです。殊にこのような「天の川」など、誉むべき、目出度かるべきもの（季題なる素材。単に軽い季語と異なる）は、「主」に立ちがて　となるのです。だから錯覚を生む。こうした秀句も（その錯覚をも生ましめ）、両様の含みある句を作り得たのでした。なお、ここ「横た（は）（へ）る」なる意味の（自動詞／他動詞）は「横たふ」となっていますが、その連体形は終止形と同形なのです。
（参考）かつて主流の貞徳を離れ、一派一流を興さんとした俊秀松江重頼入道維舟は、『毛吹集』を著しましたが、或る時の句に次がありました。

阿蘭陀の文字が横とふ天津雁

この句で芭蕉さんが云いたいことは、こうでした。

「**荒海が、噫、佐渡との前に（己の前に）、横たわっている　噫**」

それは越えるべくもなく、荒くも厳しく我を隔てているのだ。

折しも七夕＝天の川の時節、渡しの誠を求め旅して来たのだが…

本来の作りは、初めから天の川なる季語を置きたかったかどうか。紀行文、前段からは、本来は　**七夕**　なる季語を置くべき経緯（いきさつ）でした。例

七夕や佐渡に横たふ荒れる海　とか、**荒海や佐渡に横たふ七夕**　とか。**七夕**という時節語を下五に置きたい　けれど、四音ではどうにも句は坐りがよくありません。そこで五音の**天の川**を用いることで**坐り**を良くしたと。季語としては同じようですが、片や天文（具体）をいうが為に、誤解させることになったのでしょう。句は天の川とした為に意味が深まりました。

つまり、この句、もし下五が七夕だったら何ら誤解は生じなかったろうに、天の川と置いた為に、後世まで誤解をもたらしました。五音にするには七夕を修正し、たとえば、（例えば　ですよ）　**荒海や佐渡によこたふ七夕夜**　などなら、形、下手ながら**坐りだけは**良くなり、文法上は誤解生じません。幾ら誤解しようにも、「七夕夜」が横たふ訳にはいかないですよね。意味不明です。「天の川」だから、上空で横たわっているかの連

想も（×ながら）可能だったのでした。勿論ここ、「橋、渡し」の案じ＊を強くいうに、「天の川」の措辞は必須で代えがたいことでもあったのです。そして見事、読む者を写生の句だと騙したのです。**芭蕉さんは騙しの天才？**　いや勝手に読者が読み違えたのでした。（＊「冬の日」追加挙句「ひだりに橋をしかし岐阜山」参照）

念を押しますよ。「天の川」を主語として詠んだのではない。間違ってもそう読んでは駄目。**主語・主体は「荒海」**ぞ。天の川が佐渡島の上空に×、綺麗にも×、のったりと×、クタバッテ？横たわっているのではないよ。ダメダメ。そんな光景は詩にも句にもなりません。まして当日当夜の頃は嵐の雨風で、天の川は見るべくも写生も出来なかったのです（後に擬して書いた**『銀河の序』**などに騙されてはいけません）。この句の主旨は、厳しい**「隔て」**なのです。今、天の川に、橋がなく、渡し　も出来ないのです。この句が、**『奥の細道』の中の句、何かをいいたい　という重要な契機**を忘れ、切り離して、単に天の川の七夕の、という甘い「雅」や「美」の句と思っては駄目ですよ。

芭蕉さん、己の俳諧新風の説得や普及の至らぬ「もどかしさ」、それが「**隔て**」だったのでしょう。当然です。旅の一日や二日の逗留で会う人皆直ぐに蕉風感化は出来る筈はありません。己の工夫も万全かどうかは常に「悩み」だったのですね。**(に)**　は、佐渡の前に（我との間に）の　前に　の意味。荒海が隔てているのです。この句は、**中七で切る／**ことが大事です。それが芭蕉さんの心の苦悩を読み取ること。『奥の細道』の長い道中の果てに辿り着いたここ寺泊～出雲崎の、雨中の夜、空しく島影も見えない海へ向き立つ、嘆きの呟きをした**芭蕉さんの孤高の姿と心**を、見ねばなりません。切羽詰まった心が、口に、横たはる　とか　横たへる　とか長い語調で表せない、表したくない程の、口中の切歯する呟き「横たふ（タフでなくトウ）」なのです。叙景の美などのように、大声で吟詠する場面ではないのです。

（仮に英訳すればこうですかな）。

誤　Oh the sea is so rough. But tonight is Tanabata, and the Milky Way
surely **lies** in the sky over Sado Island.　×

正　The raging sea（ah），**lies** between Sado Island and me, separating severely.
Tonight isTanabata,when the Milky Way should be visible, but no!　○

なおこの「横たふ」は漢詩二詩を参考にしています。「馬」もそう。

「早行」　杜牧　（唐）

鞭を垂れて**馬に信せて行く**　　↓那須野のエピソードそのもの

数里いまだ鶏鳴ならず

林下**残夢**を帯びたり
葉飛んで時に忽ち驚く
霜凝りて孤鶴遥かに
月暁にして遠山**横たふ**（たはる）
僮僕険を辞することを休めよ
何れの時か世路平にかならん

「前赤壁の賦」　蘇軾（宋）

壬戌之秋　　壬戌の秋
七月既望　　七月既望
蘇子與客泛舟　　蘇子客と舟を泛べ
遊於赤壁之下　　赤壁の下に遊ぶ
〈……〉
少焉　　少焉にして
月出於東山之上　　月東山の上に出で
徘徊於門牛之間　　門牛の間に徘徊す

↓何の残夢かは杜牧とは異なるが、
　馬に寝て残夢月遠し茶のけぶり
霜↓荒海　孤鶴↓己（隔ての芭蕉）
有明月のころ　遠山の風景
（何時世時平：別案　時平路復平
時平カナレバ路復タ平ラカナリ）

『奥の細道』の句は　雨嵐の夜空
に天の川見えず　眼前荒海が
横たわる　我を隔て今宵七夕

白露横江　　**白露江に横たはり＊**　　甘き恋情も起こらず
水光接天　　水光天に接す　　『蘇軾原詩の　横江　は　江に
縦一葦之所如　　一葦の如く所を**縦**にし　　夥しく白露が充満していること
（後略す）　　縦はすんなりと通る

＊別の時期ですが、甥の桃印の死に、芭蕉さんは慟哭し、次の句あり。

一声の江に横たふやほととぎす

荒海や佐渡によこたふ天の川　の句が、厳しき「隔て」の絶唱であれば、それは佐渡（島）と本土側に立つ我。何を佐渡にあることを求め、して憚られたのか。＊

＊朝廷直轄に定める流人の佐渡島には、古来流された人は数えきれません。万葉歌人の穂積朝臣老（おゆ　指斥乗輿）、順徳上皇（承久の乱で鎌倉に敗れた）、日蓮聖人（鎌倉幕府や他教を批判）、世阿弥（将軍の怒りを買った能楽の大成者）らも然りでした。いずれも時に抗う反逆者の烙印と。しかし後の世には、慕われ、見直される人々、聖人らであったのです。「野」に立って声高に主張し行えば罰（当時の芭蕉さんも、疎外の立場は同じ）。この**疎外**のこと、己孤鶴のことを隠した句なのでした。

また**佐渡**が島の名、**渡**は　**わたる、佐**　は**助ける**　意義がありますよ。この字義から、右の（正統ながら勇気の故に流刑者とされた）悲劇の伝えの上に、**隔て**に到る類想は、極く自然ではないでしょうか。（奇しくも、那須野と佐渡の地名の本義が、話の筋の基にありました）。

七夕・天の川伝説は、本来、牽牛織女の**隔て**が基です。それを鵲が浮橋をして渡さんとする甘き抒情を語りました。渡るも佐（たすけ）るも適わぬ今宵、芭蕉さん、とてもじゃないが、こんな抒情に浸ることは出来ませんでした。そして「隔て」を深く哀しみ絶唱した。それがこの句なのです。

この有名な七夕の句には直前　文月や六日は常の夜ならず　の句があります。こちらはそれ程有名ではありませんが、味わいある発句です。どちらも七夕とか星合とかありきたりの季語は用いられていませんが、文月とものに?明らかに七夕、星逢の句なのです。

しかし、「文月」の句は発句が万感を誘う佳句なのに、当夜の俳席は酷い巻しか出来ませんでした。それ程にこの地元の俳席に芭蕉さんは落胆したのです。いえ、句の良し悪しや水準のことではありません。芭蕉さんは一応、自分の求めているものを事前に話したでしょうが、巻き得た時には、それが成っていなかったのです。その落胆と反省を抱いて次の日風雨の中直江津に来て佐渡島を望んだというのが話題されるところの筋なのです。

尤もこの時（七月六日）より後、七日夜の句会、直江津右雪宅にて『星今宵』が巻かれている。八日高田の春庵亭で四吟『薬欄に』で、立ち直っている。従って佐渡天の川の句は、七日夜の句案とは言い切れない。少なくとも文月やのあとの懐いがあろう。

皆さんは、（七夕・天の川・牽牛織女）の話が好きで、しかもそれを甘い模様に常に心得ます。だから誤るのです。天の川伝説は、本来、牽牛織女が一年も逢えないで隔てられている悲劇の話なのですよ。

○（受講者曰く）

「いいじゃん、七夕に逢えれば御の字よ、宇宙時間からいえば、一年や二年なんて目じゃないわよ。　ハッピーハッピーロマンスよ！」

「ええ？！　この句（荒海や）って、じゃやっぱり恋句なの？」

「そうよ。前句に　**文月や六日も常の夜に八似ず**　とあるじゃん
恋句は応酬がなくちゃって　いうじゃないの　さ」

「ウーン　恋句か　恋句でないか。なら…　恋（句）を否定する恋句なのか…
もし恋句っていうなら　芭蕉さん　誰を恋うているんですかねえ」

（…蔭の声　鸚鵡小町ですよ　…松は小町が身の朧…　鵲でなく鸚鵡よ）

「え？　ウーム　じゃこの句は　荒海の厳しい隔てにも拘らず　急病でお休みの鵲に代って　芭蕉さん　天の川に橋を架けようかどうしようかって　暗闇で逡巡している姿なのかなあ…　変な芭蕉さんだねえ」

「横恋慕なのよ　悩んでる振りしてんのよ　隔て　って　元々そんなもんよ　なにさ　横横とか　ばっかり言ってさ」

「？？」

（四）

『奥の細道』　那須野の段　「かさねとは」

俳諧史（俳風）に於て、芭蕉さんは、生涯の後半（貞享・元禄）は、上手に、正反合の**中庸路線**を取りました。芭蕉さんの工夫呻吟のそれは、ⓐ**付合の方法のこと**（言葉遣いのことも含む）でした。

① 前句の**心**（＝**意味　内容、語り**）の連環で付託すること（＝**親句的**）なることは、そもそも基本（＝多くの場合の方法）にせんとし、

② また韻文として、前句に在る**素材**（**物、名**）**や詞**（**用言**）**に付ける**という、古来のやや直接的な方法も、普段、専らの付け方とする　ほかに、

③ **心に映る情緒、陰影、印象**などの、抽象的な機能を軸に、付合の妙を探ろうという、呼んで、**匂いとか映り**（**写り、移り**）**付**の方法に工夫を凝らしました。

匂付のことですが、とかく実作品が、①②のみでは、味薄く幼稚にもなりがちの俳諧

を、高度化したと定説されます。（文芸手法に、定説なるものがあるのか　などの議論は、今は扨置き）、それは意味を中子にする**親句**に対し、**疎句＊の付け方に似るところがあり**、意味では強いて繋がらせずとも、**どことなく韻文として調和の妙**を得る「徳」の方法でした。（但し、文芸のこと、曖昧なところがあり、疎句といっても完全な疎句でなく、半ば親句なものがあります。要素の％が為せることでしょう）。

長い歴史の和歌の世界でも、上句下句の間に繋がりの無いものを組み合わせて一首と為すこと、既に（新古今集時代）に、**定家の疎句＊**として、いい囃されもした工夫があります。匂付のことは同系列と思えます。

春の夜の夢の浮橋とだえして／峰に別るゝ横雲の空　**藤原定家**
（『新古今和歌集』巻第一　春歌上　３８）…疎句の例

ｃｆ　**石ばしる垂水の上のさ蕨の萌え出づる春になりにけるかも**　**志貴皇子**
（『万葉集』　巻八・１４１８）　…上下親句の例

補足しますが、定家の歌、たしかに上句と下句は、**て**　といいながら、**意味の繋がり**が全くありません。だから**疎句同士**です。しかし出鱈目かと云えばそうではなく、なんとなく付合がいい雰囲気がありますね。子細に見ると仕掛けがありましたよ。

語の関連が

① 「**物付**」**に似た**ような、厳密ではありませんが、（夜・空）、（夢・雲）とか（浮・横）、（橋・峰）、（とだえ・別るゝ）など。つまり、疎句だけれど完全な無心での作りではない。**語の類想的映り**があったのです。

② しかも上句末の **て** は、**繋がりの接助詞**。それが不思議な感じを助長しています。本来密接に繋がらねばならないのに、一旦休止の作用を最大限強調し、しかも無関係なことをいった。でも接の機能を果たそうとさせた。なお云えば、

③ 上句は過去、下句は現在かという時間的**順序**が、如何にも上下（別ながら**時空が順**に、だから前後関連あるような＝一体）のような気を起こさせたのでした。この歌、強いて恋としてみれば、不成就ながら夢の別シーンとしてかの連続感もあります。

当時（貞風・談林時代）の革新として、句付（蕉風も）を、正風と既界に定着させることはなかなか**難しい**ことでした。「句付」を普段・不断に成功させるには、そもそも、熟練、芸達者の長い修行の果ての句作りそのものの修練が基礎になくては覚束ないことでしょう。背の脂を絞るほどの句吟・句作から会得するものであろうと。芭蕉さん自身、どれほど試み、失敗したことか。また説いては、人（弟子）も己も挫折したのでした。

だから、芭蕉さんの庵は、スクールのゼミナール宜しく、議論し、確かめ、切磋琢磨したのです。

こういえば、では、教養ある者のみが句付を為し得るのか、それなら、それを排斥した貞風と変わらないではないか、との批判も起こりましょう。いえ論点が違います。確かに、文芸ですから、当然誰でも**教養**は大切なこと、**修行**も多くを求められましょう。が、貞風権威ある座のように、教養主義、付ける根拠を古典から外さない、典拠がなければ佳吟でも座の巻に連ねられない、座に友として同席できない　と禁じるのとは違います。修養問わず典拠なくとも、**俗（＝時代新）なる庶民生活に美や興を、新鮮な眼で見出し、自由に想像力を発揮できれば宜しい**というのでした。

そうはいえ、芭蕉さん終生の『奥の細道』の旅での陸奥各地の教宣や、また江戸期から近代・現代に到っても、なお俳諧連句の吟者（作家）達に、「句付」は正しく理解され、また消化されたとはいい難いのでした。悩みでした。江戸時代、のちの中期にも「**蕉風復興・刷新**」を掲げる「**中興運動**」＊がありました。徒に平易に流される風潮や堕落を正そうという。現代も未だによく消化されていません。

＊（江戸中期、芭蕉さんが究極に「軽み」を唱えたとし、軽みは当然平易に繋がり、それは平俗に堕ちた風潮を嘆き改めんという連中が、正風目指して襟を正そうとし

た運動。明和（めいわ）の中ごろ（１７６６〜６７）から寛政（かんせい）の中ごろ（１７９４〜９５）に起こった。蕪村（ぶそん）、太祇（たいぎ）、召波（しょうは）、暁台（きょうたい）、嘯山（しょうざん）、几董（きとう）らなど。しかし、その意義はあったでしょうが、庶民参加の文芸として、発句、俳句、川柳などの俗談平話の方向、時代の趨勢、向性は、抗し難く、何時しか短期のうちに元の平俗に戻って行ったのです。大改革には、芭蕉さんのような根本の思想の変換が必要の筈だったのです。そういう志が確固としなければ、中興も成らないことだったのです）。

ま、「句付」は、「物付」「意味付」などよりは確かに初心には一寸難しい作法だし、教える側の者も、完全な理解と実行をし得ぬまま、自信を持っての「上手な**教え方**」を思い付けなかったのです。現在も実際の場は、貞風、談林、蕉風のミックスありで、付け方はそれら、物付、詞付、心付を主に、運がよければ、句付が出来るレベルでしょう。それでよい。句付の句が巻に少ないと、味が薄れる、深みを欠くとか、時に熟練者が貶めるかもしれませんが、欠いても連句であることは間違いありません。愉しみつつ精進すればいい。修養のことは、芸ですから、繰り返し先人の作風に触れ、教えつ習いつ、また盗みつ慣れにつ　にも拠るしか、出来ないことです。

なおこれ、単に言葉遣いや付け具合のことではなく、実はもっと大事なことがあるのです。真に芭蕉さんの「匂付」の理解と習得には、散々他の付け方にも漬かり、それ経験し、考慮し、その上に時代へ立ち向かう不屈の精神（志）が確固でなければ、単に平易を正すといっても追随もならず中興も成る筈がないことです。平易に於いて、その上でその志を隠す、匂わす芭蕉さんだったのです。一方、文芸は**平易**を目するべきことではありながら、**難解**とか**謎**というのも文芸を深める手法なことも事実です。**匂付**は一見一案、難解でもあり、謎も生む。この辺のことは一通りの議論のことではありません。本口筵も謎に始まり謎解きに終止しています。それを解き明す推理が面白く、いよいよ文芸への興味が倍加するんですね。

云わば「俳諧古今伝授」というものになりつつありますよ。

●また「**匂付**」**は芭蕉さんの工夫発明**という謂いも、余り大げさに云うのは如何か。何故なら、古今東西、芸術家が、あらゆる文芸（芸術）分野で、表現、その筆の、タッチの、「風合」の工夫（仕方）は、太古からされてきております。「匂付的なこと」は、その風の一つに過ぎず、**殊更**それを「芭蕉さんの、蕉風の」と喧伝するのは、俳諧の歴史で当時、貞風から始まった俳諧のマンネリ化と、それに飽きた、革新せんと突如、無節制な風？で、談林俳諧が流行し、都ぶり、歌舞伎のように暴れ走りまくった、その後のことという時代背景の故だからだったのです。

●なお後年の芭蕉さんを評価する**「軽み」工夫**もそう。テーゼとアンチテーゼのことで、昔から、貞風の、貞家でも季吟でも誰でも、歌人でも詩人でも皆、多少はありますが、句付や軽みは、時に応じ、その作品に応じて為されていたことなのです。また句ごとに重くも軽くもし、それ良し悪しではありません。「軽み」が、一概に最終的に良いことなのではありますまい。（このことは又後述致します）

「正風」とは何ぞや。して**「革新」とは?** 空しくもしかし敢えて問います。文芸は問わねばならぬ。革新とは時代と直関します。時代々々に保守と革新があるのです。昨日のそれと今日のそれ、また明日の革新は違い、それが相対する保守・頑迷も異なります。しかし文芸はいつの時代も、新しみ（革新）を追いも求めねばならぬことは覚悟しなければなりません。

●そして「芭蕉さん学界」でも忘れがちなこと、右のようなⒶ**付合の方法**のことのみ追い論じ、Ⓑ**形式の革新**のことを、従来、とかくは、論じませんでした。

連歌以来、俳諧も**百韻は典型**、**手本**であり、**歌仙は極上絶対の短縮略物の形式として疑問を抱かなかった**。いや抱かせなかった。句数や折面などの多少の長短を変化させたものは出ましたが、しかしそれらは基本的に**百韻・歌仙と同類**に過ぎませんでした。偉大なる芭蕉さんも、こちらの課題Ⓑには手をつけませんでした。だから昔の俳徒らも近代の学会でも、テーマにならなかったらしい。連歌の形式(百韻、五十韻など)、つまり、(長句短句の交互連続のこと、一巻の総数、折面の句数、その四季の配り、季句の続けの決まり他、いわゆる「式目」、月花の必然、その定座と数、禁忌や輪廻の排除、等々のことは、大本の百韻・歌仙の形式を前提とし、**それを支えるもの、崩させない拠り所**、だから**絶対)とすること**で創作や研究評論の世界が成り立ち、Ⓑ保たれ、崩すべき構成・形式如何など、付け方以前の課題の大きな革新は、誰も考えもしませんでした。そこに課題があるとは、認識もしなかったのでしょう。それを革新することは、百韻・歌仙なる形式(制度)の要素(決まり)を全く不要とすることになり、芭蕉さんとて、もし考えたことがあったとしても、手を染めるには大き過ぎ、世を転覆させることにもなり、怖かった、保身したのでしょう。尤も芭蕉さんの専らの関心は、その内にあって歌びととしての句の在りよう、詩としての効果を追うのに腐心したのです。

　僅かに芭蕉さん一番弟子の、若き**各務支考が**、「**表合せ**」という短い、しかもかなり**自由度の高いもの(形式+方法)を考案**し、芭蕉さん亡き后、全国行脚して広めようとしました。これは注目に値することでしたよ。青宵らが昨今必至に工夫し追い求めた、自由な形式＝**現代俳諧に通ずることを**、不完全＊ながら三百年前に考えたのです。（＊但し、支考は、「表」の格式に拘っています。ま、時代でしょう。散人提唱する『現代連句』は表なる格式には拘りません。ただ、発句脇第三と四句目のことは、自ずと成るもので、殊更意識しなくても備わるものです。安定的というべきか）

●2ー世紀の今日、室町江戸時代から連綿と続いて来た俳諧連句の世界ですが、最早、時代はその**（旧）式に辟易**しています。文芸ゆえに諸悪の根源と極言は出来ないとしても、連句創作法としてはマンネリの元凶かと。しかし辟易していない（旧式連句を手解きされ、そこに留まっている）人も大勢居られる。そうしたいつの世にもある問題意識すら抱かれない情況にあって何が喫緊、根本問題なのか、それは右で示唆したⒷ**形式の革新**のことなのです。旧式に留まっている限り、日本の俳諧連句の世界進出は覚束ないし、若人を惹き付けまた若人にリードして貰う新しい明日の俳諧連句は望み得ないと展望するのです。そう、それを研究し創作すれば、第三文芸どころか超一級の文芸が望めるのです。そのワクワク感と同じものを、「奥の細道」旅の出だし、千住の一歩に芭蕉さんは悟ったのです。（後述します）。

明治の福沢諭吉大先覚は、あの時代、

門閥制度は親の敵（かたき）で御座る

との認識・信念で、封建時代の名残の必要悪を、次々と改革の勇気ある発言をし、かつ実際に断行しました。外科手術で蘇生させたのです。ここでその多くは語るのは本意でないので示唆に止めます。**連歌連句の旧式目とは、封建時代の象徴**なのです。その**規範的美意識**がそれを支えているのです。（山吹と蛙を思い出せ）。

芭蕉さんの頃はまだ中世封建制時代に繋がっています。旧弊を革新するといっても、Ⓐ**付け方のこと程度**で、さほど際立って咎め立てる程のことではなかったかも知れませんが、明治を過ぎ、20世紀・21世紀にもなって、現代連句を為す、為そうという場合、**形式不滅的様相**の旧式俳諧は、（研究したり鑑賞するのは勝手とするも）明らかに時代遅れ、その**守旧は錯誤**でした。しかも連句の創作や座は結社主義が根強ければ、結社崩壊を懼れ、禁じ、守旧するのです。「門閥制度は…」の攻撃すべき対象となるべき筈のことです。いつの世でも、問題・課題のない文芸はありません。では現代の俳諧（界）で、何が問題で課題なのか。現代の俳諧の連句の革新とは、何をどうすることぞや。それは誰が為すのか。（我　ホトトギスとならん）とする者は誰ぞ。木枯しに　旅笠　なおしっかりと　枠の山茶花を挿し　散らさず行く者は　誰ぞ。（学会も未分野のことではあろう。こうした歴史的本質的な変革の上に成るべき「現代連句」の研究が望まれるのです。）

（戻って）

芭蕉さんが渾身を籠めて、『奥の細道』の那須野が原で記事したこと、

野を横に馬ひきむけよほととぎす

馬丁に与えたという句ですが、それは既に旗揚げの『冬の日』にこそ、早や兆し志していたこと、そう、ここはその再現なのでした。そういう解釈を下敷きにしなければ、先述すべき「かさね」の段①も、のち折角の『奥の細道』殺生石でのくだり②も、つまらない段で、真の心を読めないのではないでしょうか。芭蕉さん、渾身の地の文の、

…この口付の男、短冊得させよと乞ふ。（芭蕉さん必死です）

やさしき事を望み侍るものかなと…（第三者的評価）

の書き振りに、何となく雰囲気ふいと呑み込まれ、在り来たりの道行文ぐらいに錯覚し、お座なりに読み過ごすのが通様。紀行文は実録としたいが、しかし一体、馬の口取り僕がそんなことを云うでしょうか。またなぜ道の途中で突如そう云ったのか。それが大事な筋処なのです。筆は完全な芭蕉さんの**虚構・虚文**でした。

なお「やさしき事」とは、易しではなく、優しであり、芭蕉さんは俳諧を好むこと、文芸を「優しい事」と考えていたのです。確かに武士（刀剣の生業）ではありません。いや通じて文芸の革新のことをも優し（優れたこと）と詞を位置付けたともいえます。この「優し」は、「好もし」「優れ」の意味で遣ったか。馬の口付男を褒めたのですが、

その男、馬丁、はいはいと？素直に馬の向きを変え（俳諧の仕方を新しくした、蕉風を理解もした様な）ので、素直で優しい　と評したのです。しかしその**馬丁は、いつしか芭蕉さん己の姿、二重映し**でありました。ここ紀行文、然り、高い志を平たくいう虚構文であったのです。

　そこですよ。（『冬の日』と同じの「通奏低音」）なのです。それを覚えず、平々と読み過ごすならば、一体、この句（**野を横に馬ひきむけよほととぎす**）で**何を感心しましょうか。**多分何もない。上手い句だとも思わない筈。紀行文中の諸句は、秀句も駄句もありますよ。駄句ならなぜ駄句？を書き入れたのでしょう。この句、一見駄句でも外せないのです。それは、**挿入句**は、この紀行文では地の文との連句の関係、つまり**地文への付句**だからなんですよ。そう、付句は一句では不足ながら二句で完結、増光させるのが連句の在りようでした。駄句でも、いや駄句だからこそ地文が生き、地文があっての句なのですね。付句は単に付属でなく、いつも申し上げているように、**前句をなお光らせねばなりません**。このことこそ、連句の「**和**」とか「**徳**」ということです。ここは、句と文が褒め合っているのです。互いに上手や下手？なりに光を与えつつ、最高の充足を果たして完結しているのです。（連句って不思議ですね。下手が周りから生かされるのです。下手の方が？貢献する？というのですから徳ですね。だから辞められない。）

また何故この句、紀行（文）の此処に定着すべきことなのでしょう。それは、**馬の口付け男（＝俳諧をリードする男）**とは、**劇中作者**、芭蕉さん自身であり、その自得と誉めの象徴が、**ほととぎす＝時鳥**（啼いて血を吐きつつ力業する誉れの鳥）なのだからです。こうしたことを詮索せずに、只ふんわりと読んで、

「不思議な感じの句だなあ、駄句の様だが、ま、名句なんだろう？　かな？」

などと、心底理解せぬ居心地悪さを下敷きしつつ、やり過ごす、それでは『奥の細道』を到底読んだともいえず、教室でちゃんと講義も出来ません。**「馬の口付男」**とは、その時馬上の芭蕉さんでもあり、かつて**「馬に寝て残夢月遠し」**の寝る？男であり、**「歩行（かち）ならば杖つき坂を落馬哉」**の落馬した主なのです。**月遠し**とは、志の未だ果たせぬこと、**残夢**とはその儚くも抱いて来た夢の残りないし希望なのです。皆と同じに、同じような微温湯の俳諧をしていたら、険しい山道、杖付きながらも歩行し得たであろうに、**徒に世の俳諧を革新しようなどと危うい馬に乗ったが為に、落馬し挫折したりし**たというのです。でも**漢（やから）＝力をもち困難に勇を振るい立ち向かう男（或いはホトトギス・時鳥）**です。ならばこの馬の口付男とは、野中に我に随う俳徒で、それ可愛げがある、優し　と。よしよしと句を与えたことに「紀行文」を創ったのでした。（出だしに次いで重要な章が、この那須野の段です）

●芭蕉さん那須野の段、ここには、偶然か、読む人に、（優しみ）を覚えさす様な「仕掛け」が前もってしてありました。①それはまずこの叙述の前の段に、小娘（小姫かさね）を登場させ、その句があることです。これは句？　一見、平易で、やはり下手な句（先述）かな。那須野が原の壮大な景色を詠んだ訳でもない。芭蕉さん自吟なのに、カモフラージュし、曾良吟としました。しかし（地文の付句）として大事な句でした。

かさねとは八重撫子の名なるべし

（句形が、なるべし　と推量で結んだので、曾良が聞いた、ないし納得したことにしたか。曾良の手柄句にし、紀行文を膨らましたのでしょう。会話調です）のちに発見された『曾良随行日記』『俳諧書留』に、この句の記載ありません。小娘が走り着いて来たこともなし。（馬にて送られたことは事実らしい）。但しその場の事は数日前のこと（仕掛けです）。主従は那須の辺り、何故かうろうろと長逗留しています。読者が長逗留を咎めないよう、芭蕉さんは、創作の実と虚を織り交ぜて、長々と創作したのです。それは芭蕉さんの癖ですよ。

また、②**野間**（黒磯在）という地がある。偶然にも都合よき名のそこ野間で馬を返したと。その（野の途中で＝俳諧工夫の未完成で）、意味深？の野間なる地名が句のヒントになったのかもしれません。余瀬から高久への途中です。（余瀬も高久も意味深。今は省略）。**路縦横で惑うゆえ馬に随って行け**　と馬を借り受け乗って行き、宛先まで行かず（何故？これは談林へ迷い込まずに　とも読めます）、野の途中で「馬」を帰したら、馬は独りで持ち主へ慣れた道とて帰った（貞風にとも読めます）という。俳諧工夫も途中だということでしょう。行きつ戻りつする芭蕉さんの在りようでした。

ここの「馬」が俳諧を意味すれば、先にも指摘しましたが、「俳諧は無理せず、慣れで成り、帰るところへ帰る？」と読まねばならないともいえましょう。流行席巻の「談林俳諧」に無理あり、素直に作ればよいということなのか。ともかく**「馬」は「俳諧」**のことをいいますよ。こうした下敷きの上での句ですから、曾良吟というのは嘘で、当然、**芭蕉さん自身の俳論思考**の句です。単純に優しそうな（かさね・八重撫子ちゃん）の句の辺りは、結構やっかいなのですよ。この句が優しく好ましい印象を与えるだけに、それだけで深い解釈を気づかないで読み過ごしてしまいます。（それも芸のうち）

そもそも**撫子が八重**であることはいいとして、何故それを「**かさね**」という名にして、小姫（娘）に**重い想い**を句にしたのでしょう。他の植物の花にも八重種はあり、それらも多分、俗には「かさね」というでしょう。それを芭蕉さんは、語弊あろうことに、撫子に限って、己の発見・発想と、見えを切ってしまいました（「甲とは乙」との謂い方のこと。八重の芙蓉でも桜でもなく**何故、撫子と**思い付いたのか。撫子に限定し、如何にも新発見・新発想と己の想定を断じた句を作った）。これはどうしたことだったのでしょう。このことを解明しなければ、那須野のくだりも只事です。

●それは、句中にある**「詞」**から類推せねばなりません。多分それは、**「撫」**です。その詞　撫、これもやはり「通奏低音」では俳諧の**風の変遷、重複（動態）のこと**の象徴と考えます。**なでしこ・撫子（ぶし）の辞**も意味深長です。（撫子は我国の國花（大和撫子）ですし、和歌を意味する象徴の語とも考えられますので粗末に扱えない。）

「歳時記」をいえば、『青宵俳諧新歳時記』Ｐ276）に

・撫子なでしこ　河原撫子　大和撫子　常夏　床夏　瞿麦（クバク）　牛麦。

石竹（唐撫子）と別だが混用とも補足。

和歌は、数百年、人々が**撫で親**しんできた文芸です。撫で親しんできたというのは、推敲を凝らし撫で転がしつ、敷衍して、人の歌をまた己の歌としてきました。これ正しく、**襲ね**　の文芸ですね。また文芸とは、成らぬ駄々を捏ね、素案を撫で、慰撫しつ、文芸に成らせる、優しく抱擁し、八重にも撫でて（これはまた芭蕉さんエロスのことに通じますが）、己のものとするのです。

撫はまた**蕪（ぶ）**に通じます。蕪（かぶら）は根菜ですが、詞の意義は　**野の乱れ**　です。

でも乱れのところからこそ、**革新も生まれる**ものです。ここらいう「**かさね**」は、そうした文芸長い歴史の変遷のこと。**新は旧の欠片の上（襲ね）に、花啓く**。芭蕉さん俳諧では、その**風の正反合**のことでしょう。それを優しき小姫の名に託して述べたのです。いや、小姫が奇しくも教えてくれました。

「**私が愛らしいのは、名前のせいよ。**かさね　というの」

「**おゝ　そうなのか　そうだったのか　確かにそうだ。文芸というものは、目指す新風というものも、古きの風の「かさね」があってこそ熟し、成り、吹くものなのだな。よろずハ重撫子なんだな**」

はたと膝討ち納得を、小娘が教えて呉れたと作りました。それがこの何でもない那須野のエピソードと句の挿入のくだりなのですよ。（宵の膨らましの独断です）

ここは芭蕉さん**得意の周到の騙し**でした。『奥の細道』は掲載句のみでなく、**地の文に周到な仕掛け**があったのです。そしてそれも、こうした何気ない写生的叙述を挟むのが、真実かと確信させる技でもありました。正論を正面切って論ずれば、逆に返し刀で殺される。捨てたくなるような古い紀行文『奥の細道』の、捨てがたい魅力（読めば読むほど考えさせられ、新たな発見をさせてくれる面白さ）は、こういうところがあるのです。句と文併せて読まねばなりません。それも通り一遍のでなく、右のような、独自の読み方でも、作者の誠を感得し、愉しめばよいことなのです。

●そして芭蕉さんは、「重ね」でなく、**「かさね」と仮名**で書きました。女児の名だからでしょう。八重撫子は漢字を云いつつ、「重ね」の字を遣いたくなかったか。「重」は、二重写しの他に、上に載せる重し、重い　などの意がどうしても付き纏いましょう。ここ、重くてはいけません。然り（宵）なら、小娘の名の「かさね」は、漢字なら**「襲」**と書こう。その意味で呼ぼう。襲名とか、色襲ねの　襲　です。「おそう」とも読むのです。

（さてさて、勿論、芭蕉さんは、世紀もズレ、ご存じないことなのですが、清代名著、曹雪芹の『紅楼夢』の話を、勝手に此処で挟ませて下さい。（ゴメンナサイ　この口莚は「俳諧連句」の真面目な面白話仕立てです。連句的に、あちこち横道飛んで遊びますよ。遊びの裡に真実を探るのです。俳諧（連句）の仕方の一方法（詞付）ですよ。）

高家の祖母は、自分付の侍女を、ひた可愛がる孫（物語の主人公の青年）の宝玉（Bǎoyù）の侍女に下されました。その娘は**花襲人**（Huā xírén）といいます。もう一人の美人で潔癖で少し気の強い平児（Píngér）とともに宝玉に仕えさせますが、花襲人（呼び：襲児Xíer　シーア（ル）ちゃん）はとてもよく出来た娘で、よろす家事を気配りし、上流旧家のマナーもよくこなした上女中です。人への気遣いあり、生来気立てが良く、祖母が溺愛する孫に下された所以でした。襲人は宝玉より歳が一つ二つ上なので、あらかた男女のことも心得、宝玉の世話をしてしまうくだりもあります。それも祖母の暗黙の意向であろうと襲人は自覚し思うのですが……

それはともかく、「かさね」は、「襲」の話です）。

『紅楼夢』は源氏物語に似て、恋の話が満載します。文芸一方の雄です。

●噫　また此処、小走りに就いて来たのは二人だった筈。ではもう一人の小娘の名は何？何故芭蕉さんはその娘（の名のこと）を云わないの？　忘れたの？　芭蕉さん、サボってはいけないよ。もしかして名は　かぶら　蕪　じゃないかな？　**蕪ちゃん？**（姉娘か）

（では已む無く、代作しましょ）。

蕪とは白きお尻の美味（うま）野菜

撫子（なでしこ）よりも食うならこちじゃ？

これは芭蕉さんに倣い、指を咥える曾良にやった？（那須野外伝）です。ハイ。

（戻って）

またこれは芭蕉さんの詠句ではありませんが、尾張『冬の日』第二歌仙「はつゆきの」の巻　裏二、三句目　野水・荷兮吟に、次の付合がありました。

奥のきさらぎを只なきになく

床ふけて語ればいとこなる男

これも通り一遍の解釈でなく、貞風の没落、芭蕉さんの慰めではないでしょうか。（奥のきさらぎ　がなく？）　奥は奥州か。哭くのは、その前句から推すると　浅香の田螺らしいが、この二句の限りでは、二月も更けて、あたかも、きさらぎ妃が哭いているように情景が映ります。着そ更着、衣更着～更衣（女官）。然り、俳諧の祖は連歌であり、連歌で殊に喧伝されたのは、『水無瀬三吟百韻』でしたが、その発句、

雪ながら山本かすむ夕（ゆうべ）かな　宗祇

を連歌の代表として覚え、それ初春、雪残るは　きさらぎ　の吟と解し、かすむ　は奥のきさらぎ（かつての連歌～俳諧初期の貞風）と考えれば、それが哭くとは、それら最早**旧きに落ち**、新しい蕉風の俳諧が起こったこと（きさらぎは如月でも着そ更着、着物の新たな着替え）を指すのではないでしょうか。

そもそもこの宗祇の句も、元はといえば、『新古今集』の**後鳥羽上皇歌**

見わたせば山もと霞む水無瀬河　夕べは秋となに思ひけむ

を本歌取りして、上皇（院）を月忌（22日）に偲び奉納したのです。一月のこと。暦の一月は春。だから連歌の発句も　かすむ（霞む）＝春、脇も梅を配し

行く水とほく梅にほふ里　　肖柏

でした。夕べの情緒は秋に決まっていたが、春もなかなかじゃと、院が歌い残した（思い）から（これは、曲仕立て＊です）、脇で「水無瀬河の流れ行く先の、遠く見えないながら、（人は）梅の匂う里をも見てしまう」と、これも**移し**たのでした。この連歌、中々の上物ですね。してゆっくり観れば、院の歌自体も（夕べは秋じゃなくて春もいいではないか）とは、既に**反転＝俳諧的＊**な思考が盛られています。到来する俳諧時代の面白さを予言するような案でした。

此処、芭蕉さんいう「**いとこ**」**は貞風**で、談林と違い、**身内**で、古風かつ好意的でした。「親子」では叱られそうのところ、「いとこ」なら自由に語り合える。そのことは、解釈の唐突ながら、かつて伊賀の実家に帰り、母の仏前で泣いた

旧里（ふるさと）や臍（ほぞ）の緒（お）に泣としの暮

も、己、普段、獅子奮迅の俳諧修行の合いに、ふと旧き俳諧のこと、排斥すべきもそこ

にある、或る良さもしみじみし、述懐した筋の句柄ともいえます。**臍の緒・（尾・）**と。そうなれば、この「はつゆき」の巻中の付合（奥のきさらぎ／いとこなる男）も、かさねちゃんの、（**かさねとは八重撫子の名なるべし**）の隠された意義と**同趣向の筋**（**いとこ〝かさね〟縁、襲**）であることが理解出来ましょう。確かに、蕉風さんの句も、旧風の部分を曳いているところがありますよ。しかも己の蕉風のありかた、実は正反合の**合**として、それは、八重なる重ね、襲ね　なのであると。

（時空を超えて、元禄の芭蕉さんと大陸清代の曹雪芹が、話も違う創作にて（詞付にて）「八重撫子の花のかさねちゃん」と「気立ての良い娘の襲児シーアちゃん」とが（宵の頭の中で）行き来し、襲（かさ）なったのは、何とも奇しき偶然の、そう、**連句的交歓**でしたよ。那須野の段、ずいぶん膨らみ愉しみましたね）。

しかしこの直後、殺生石で、「かさね」小姫に同情するかの、こうした**忸怩**たる様を、芭蕉さん、思い**一転再転**、また新たに、なお勇気をもって奮えよ　とばかり、

野を横に馬ひきむけよほととぎす

と一段激しく、鼓舞、宣言したのでした。新風への志、忘れてはいけない　と、**己へ下知**したのです。ここらは、非常に世間的、かつ哲学的な考察です。人間のこと、その成

す業績のこと、それは**革新**、**生鮮**をいえど、それもやはり旧きものとの繋がりで生まれるものだという。平たく云えば**「縁」**。それが**「かさね」**なのでした。しかし芭蕉さんの偉いところは、だからといって、旧きの佳きものばかりに**固執**、**懐旧**していては、変化進歩がない　と、蛮勇（賢勇？）を振るって、人は、己の信念をもって、**挑戦**し、困難に立ち向かわなければならない　と宣したのです。（この挑戦が朝鮮かどうか　は、もうここでは問わないこととします）

●なお「かさね」のことは、**連歌・連句の仕立ての原理**、**構造**のことに、根本は関連します。また**「匂い」などにも解明は繋がる**ことですよ。その説明、歴史的にも**連歌の「賦物」**のことからも、ちょっと補足して置きます。（賦物の話など滅多に他所では聞こえませんから、お耳を二、三分傾けられても損はしないでしょう？）

先の「水無瀬三吟百韻」の**題名（巻名）**は、正式には**「賦何人（ふすなにひと）連歌」**といいます。「**賦す　謳う**、それを**云い立てる**、**念頭にした**連歌ですよ」という意味です。「何」とは、それを云い立てた（ことにする）辞を入れ、句中の語（辞）が、（この場合、「人」なる辞との組み合わせで）熟語を造り得ることを指すのです。この連句は主として「人のことを」「人」を詠みますよ　と宣言するのです。でもこの発句は特別に人を詠んでいないのですよ。？でしょう。説明します。

この連歌の発句は、**雪ながら山本かすむ夕べかな　宗祇**　でした。その発句中の「山」という辞は、例えば「人」と熟語にして「山人」という熟語が世に存在し通用あるので、この連歌は（句毎に）「人」なる辞を詠んだ連歌だ　というのです。発句は山を詠んで、どこにも人を詠んでいないのに、巻は人を詠む連歌だという。回りくどく謎めき、こじつけの謂いです。「何」はその謎を指すのです。（極端な例ですが、覚えやすい説明として、もし山にはネズミもいるぞ、言葉に山鼠もあるぞ　というなら、「賦何鼠連歌」だともいえる理屈です。鼠ばかり句々詠み通してみせるぞ　と）。尤も、巻全部をそれ（この場合「人」とか「鼠」の辞、関連熟語）で通すのは煩瑣で難しく、本来のそういう意義を捨て、後世は、発句だけ考慮するとし、巻名だけ「賦何○連歌」と題したので、ますます訳が分からなくなりました。無意味で勿体ぶった（ペダンチック）な名付け方でした。しかもその賦には上賦（うはぶし）と下賦（したぶし）があり、先の場合「山」が賦す「人」の字の上にあるので、「賦何人連歌」と云い、もし下にあれば、「賦人何連歌」と称するだけのこと、馬鹿々々しいので、後には止んだのは当然です。

しかしこの考えは、賦す　指す　関連がある　だから連なりがあり、雰囲気も沿うという連歌連句の成り立ちと同類の考えでしたよ。右の場合は、句中に「山」の辞があり、しかし、句中にない字語の「人」なるものを連想し得て、その見えないもの（辞）を、云い立てると。そういうことは連歌連句の付合の考えの原点でもあります。殊に、物付、詞付は、まさにそうした**連環連想**から、句作りするのですから、「賦何何」は、**連想の方法論の表札**だったともいえます。**賦**は発想の連環です。

連歌は**歌合せの余興**から発生し、**数句の「賦」延ばし**、連続に活路を得、何時からか**「賦物連歌」**が座で遊び出されたのです。**謎解き**、**知恵比べの遊戯性**があり、面白がらせたのです。面白いから**流行**する。一方、純粋に文芸的なことにて綴る**純正連歌**は、宗祇や二条良基らの頃から勤められ、**有心（うしん）連歌**とて、前吟者の心（＝考え、意味）を摑み、それから継ぎ句を編み出し綴りましたが、まだ巻名だけは、「賦何」の謎の示しを残し、**貞風の俳諧の座は**、**これを引きずった**のです。

〜〜〜

☆（あ〜あ、堅い話で疲れましたね。　また一服しましょ）

全くの蛇足のことながら、**ほととぎす**の措辞を句末に置き、何か暗示し、しかも句中に　**馬**　を配した句がありますよ。**川柳**です。（笑い話ですよ）。

君は今　駒形あたり　ほととぎす　　**高尾**　　（吉原の花魁大夫）

何でもない平易な句。（かな?）、ほととぎすの措辞の遣い方では正当であった（かな）？これを俳句と思う人がいる。夏の季題のホトトギスがあるじゃないか　と。読めていません。ここホトトギスのことが出ましたので読み解いて置きましょう。お笑いを。

詠んだのは吉原の花魁でも名高い高尾でした。何代目の名妓高尾かは分りません。花魁だからお座敷があって、酒席もあり、客に舞いや唄の芸を披露する。懇ろになれば男女のこと、いうまでもありません。いとしくなれば、客も、主とも**君**ともなる。そう呼びたくなるのです。（座の貴方のことですよ）

この句は、大夫高尾へ通いに来る（た）日の、事前なのか或いは帰りの句でしょうか。浅草山谷の新吉原（もと沼地）へは、客は墨田川を舳先が細い猪牙（ちょき）舟で通います。その途中、駒形辺りを過ぎります。なお**駒形**という地名は駿府にあり、家康が江戸に居城するのに、駿府の駒形から遊郭を江戸の吉原（旧）に移したのですが、その地名も移ってきたのでした。新しい東（あずま）の都の建設・拡充には、武士職人を夥しく連れてこなければなりませんが、江戸は過疎のド田舎で、その数の女子が居ませんでした。だから家康は駿府駒形の遊郭を移設しなければならなかったのです。変遷あって遊郭は新吉原へ移りましたが、大川沿いは粋な客が舟で通う。その猪牙舟は舳先が細くて、ゆえに漕いでは早かったのです。いうなれば墨田川レガッタレースよろしく、早や！

早や！と漕がせ、抜きつ抜かれつ競い上りました。馴染みの花魁を先に取らねば取られてしまうから？

で、大夫の句、それは**期待か回想か**。高尾の句、ほととぎす　の詠み方、読み方（推理）が、**俳句川柳の分かれ道**なのです。句、中七で切れる遣い方をさせるのは、正しい？遣い方ですか。正しいですね。問題は何故、**ほととぎす**　なのかということ。これはこまかく分解して考えなければ分らぬことですぞ。

（ほととぎす……　ホト　とぎ　す　ホト（陰）　とぎ（研ぎ）す

研ぎす　とぎ（伽）（夜）伽す　……　）

お分りかな。川柳なのです。こうした謎を隠した**句芸**が出来るのも、高尾人気の源でしたでしょう。ま、夜のほととぎす　一声か音を上げました（笑）。

もう**一つ**、**これは真面目な検証？**　ほととぎす　のことです。

新古今時代、多くの男性歌人を魅惑した**小侍従**が、通称**（待宵の侍従）**と称されるまでになった名歌があります。（『新古今和歌集』一一九一）

待つ宵のふけゆく鐘の声きけばあかぬ別れの鳥はものかは

朝の鶏が啼けば恋の夜も別れねばならぬ、その辛さは古来言い、歌われる常識でしたが、この歌は、それよりやはり**来ぬ人を待つ辛さ**の方が強いと言い切ったのです。待つ裡に宵の鐘が鳴り、それを聞いているのです。この鳥は**家鶏**です。それはともかく、余りに有名で、派生歌も多く詠まれました。その内の一首は、小侍従と同じ筋ですが、こう、

待つよひの更行くかねのうさまでは恨みもあへぬほととぎすかな　（花山院師兼）

泣いて血を吐く故事謂れのほととぎすも左程ではないと。やはり同じ筋ですね。これは川柳でなく、歴とした和歌です。（でも小侍従は鶏を詠ったのですよ。いつの間に、ほととぎす　に代わったの？）

更にもひとつ。今世紀日本でおそらく最高のハスキーヴォイスで名を成した韓国出身の桂銀淑（けいうんすく）。主に浪速の舞台で切なくも歌っていました。愛の歌「ベサメムーチョ」の、歌詞はFUMIKO、作曲は杉本真人。共通する（女ごころ）を歌い上げたのです。（しかし彼女は悪い奴らに騙され、麻薬に溺れ、追放になりました。許されて社会復帰した有名人もいるのに、彼女は未だに許されません）。歌詞など、覚えている人は彼女の面影を思い起こし、歌ってみて下さい。やはり待つ切なさでした。

（五）

『奥の細道』出立の発句「雛の家」のこと

『奥の細道』出立日に当たって、芭蕉さんは次の句を詠み、文を進めました。

行く春や鳥啼き魚の目は泪

これを矢立の初めとして……

とあります。一体この句は、どういう句なのでしょう。難しい中でも難しい句です。古来この句を読み解いたお人は居ません（として置きます）。

「行く春」、単なるその時節をいう置き語（季語）、弥生の末に詠んだ　とのことだけなのでしょうか。更には、春を惜しんで、その時節、実の鳥や魚が、啼き、泪している＊と報じている（写生の）句なのでしょうか。でも、鳥が啼くのはともかく、水中泳ぐ魚の目に泪とは、どういうことでしょう？　単なる誇張？（「行く春」に付きもの？の水辺＊＊の句（後述）としても）水中の魚は哭く声を上げられないので泪した？　水中の目の泪が芭蕉さんは見えるのか？　ともかく極度の悲しみの様態を叙したのか？　鳥は何鳥？　述べて来たホトトギスなのだろうか？　いや擬人法で叙し、実際の鳥魚でなければ、多分、特定の**人のこと**でしょうな。では千住で別れを惜しむ人々への**留別**の句なのでしょうか。　△×

＊＊別件ながら（行く春・水辺）のことを先に注します。

『奥の細道』旅の翌年、元禄三年の芭蕉さん句に、次の句があります。

行く春や（を）近江の人とをしみける（り）　（『猿蓑』ほか）

これを、近江の人でなくてはならぬのか、山深き丹波の人もあり得るのではないか、また「行く歳」でもいいのではと、**尚白**に難じられたのに、（「行く春」の季語は水辺でなくては）などの恣意的な議論があったのです。

行く春の惜しみを、俳諧の真の語らい友とするこそ、惜しめる　（『去来抄』）

去来は、湖水朦朧の風光故こそに、近江でなくてはならぬと、あらぬ？理屈を云って、翁に褒められたとか自慢したのです。近江（の芭蕉さんに近い人らを限る）強論であれば、負けじと丹波の俳人群を応援したくなる尚白に分がありましょう。どうでしょう？　この『奥の細道』の鳥啼き魚の泪の「行く春」は、『猿蓑』のそれ（近江水辺優先だという）のと同じレベルの句じゃないのですよ。

その筋のこと（必水辺）や否や、これより以前（貞享五年）の句の

行く春にわかの浦にて追付きたり　**（笈の小文）**

というのは、（和歌の浦：水辺ですが）、誰が追い付いたのでしょう。実はこの句は、劣っていた俳諧が、我らの工夫で、和歌の浦→和歌の直ぐ後ろのレベルにまで追いついた　というのですよ。芭蕉さん自慢の句なのです。短い句は省略の当て（誰、何）を推量せねばなりません。句末の「**たり**」が凄い。

そして、更にこの『奥の細道』出発吟、**千住**で舟（水辺）を上って、見送り人に別れをいう*に、水辺の魚を材にしたのです。（*この句の順当な一般解釈です。果たしてそうなのか？）。こう水辺の句を並べられれば、その筋の根拠話は有力な気がしますよ。でもこれは、或る時或る処の趣向の偶然のことでしょう。後の二句は近江ではありません。所が近江でなければ皆劣る句になる？いや、そうではなく、やはりあれは、去来の自慢話の範疇のことでした。

（戻って）、この魚鳥の句、皆さん、さっきから読みに読んでおられますが、分りましたか？読む程に、さっぱり分らないですよね。しかも不思議な感覚をもたらし、気持ちの悪い句です。単に旅人を見送る人らの場面としては、何とも不可解で奇妙で、忸怩たる気分が残ります。上手いのか下手なのか。「**下手な句**と思えるけど、何しろ芭蕉さんの句だ

から上手いのだろう、捨てられない。ん?どうして!」と。このままでは、永久に未解の句としかいいようがありません。それも悔しいですね。もう皆さんは、魚鳥を多分人**の上のこと**らしいとまでは感づかれたでしょう。でもじゃ鳥は誰、魚は誰?鳥は送る弟子たちで、魚は芭蕉さんのこと?或いは逆で?ともかく離別を悲しんで　と読めばいいのでしょうか。殆どの教科書や解説書はそうです。　(A)△

なお直前の地の文は、「幻のちまたに離別の泪をそゝぐ」とあります。「幻の巷」というのは何なのだろう?今現実の巷でなく、いつか戻って来る(江戸の)巷のことでしょうか?「幻の」というのは、それが生死も分らぬ前途からのことで、旅路に朽ち果てて死後見るかの巷を、今、離別に悲しんで流し合う泪で見ようとしてもよく見えぬので、「ぼやけた幻の巷」とでも云ったのでしょうか。これも分かり難いですね。まだ生きている鳥が啼き魚の目が潤んでいるのは当り前。それが別れの悲哀を意味させたというのは読者の勝手な思い込みではないか。演出です。

(＊魚を泣かせるとは不思議な筆ですが、無きにしも非ずらしい。古楽府の「枯魚過河泣、何時悔復及」など典拠あり。枯魚とは(捕えられ干された魚)。それが荷となり河を舟で運ばれ渡る(上る)とき、「後悔先に立たず」と泣き、「皆よく慎み合え」と、仲間に手紙を書いたという。面白い虚話ですが、趣旨は違います。でも枯魚は干魚ですから泪は目にないですよ。千住の魚は活きているのです。）。

それにしても、魚に哭かせる位の喩としての謂いはまだ尋常の裡ですが、この芭蕉さんの句のように、いかにも見たかのように、魚に泪を浮かばせ（流させた）までもは、喩にしろ凄過ぎます。この鳥魚が人の上のこととして、送別の人らが地の文のように悲しんで泣いているのでしょうか。よくある風景です。（A）

そんなことでは平凡過ぎる。しかも見送られる者（芭蕉さん）が見送って呉れる人らを冷静にも観察して句にしたのでしょうか？　この句を在り来たりの風景、留別として贈ることで、皆の泣き惜しみに応じたとし、留別吟、嬉しがってくれようと考えて芭蕉さんは贈ったのでしょうか？　ここまでいろいろの疑いの答えを、よろよろとでも探して来ると、そういう解は、**誤り**なことが朧げに解って来ます。（A類）×

では改めて、**「行く春」とは？**

それ、今までの筋では、将しく決別しようとしている**旧き俳諧（作法）のこと**でしょう。旧俳諧が、まさに此処、敗れ捨てられようとして、悲しみ泪するのみならず、芭蕉さんとて、それまでの新俳諧への己の延々と勤めて来て、辛かったことへの感情も込み上げて、哭きそして泪した　と、まずはこう…　でもちょっと違います（B）×

いや待てよ、じゃあ全く逆に、多分そう、鳥や魚が、**新しい時代開きに、感激し、鳥**

は歓声を揚げ、魚は嬉し泪を流したとも… つまり、前途を悲しむのでなく、自然、誠を現す魚鳥（人ら）が**祝した**のじゃないか。もうここまで考えれば、鳥は誰、魚は誰などと分けて解釈することはないですね。そういう新しい解釈すれば、「行く春や」は、区切りの季語として、とてもよく利いている。古い俳諧苦心を新しくしたことで、（旧きの春謳歌なりし）を逝かしめ… といったのです。或いは、「行く春ぞ」なら、もっと利いた句にはなりましょう。己の**自祝**としてもよい。**歓喜の泪**です。（C）○

（Aは平凡な解で、むしろいろいろ疑問を残します。BCはどちらでも此処では成り立ちます。BCとし、単なる時節、自然界の魚鳥の観相でなく、兎も角、**俳諧のこと**を批判した懐の深い句と当りを極めましょう。しかし送別なのに素直な句でなく、わざと奇妙な辞の句に仕立てたのです。どうしてでしょうか。その裏のことを考えなければ、**B案は下手の極み**としかいいようがありません。そんな下手で気持ちの悪い句?を、貴重な『奥の細道』の冒頭に置くでしょうか？ 晦渋された裏を読み取らねばなりません。よって**正解はC**）。

ついでですが、もし（C）とすれば、果たして千住で舟を上り、そして句を吐いたのかな。見送りの人を前に、余りに不人情、不遜です。だから（後述しますが）芭蕉さんは舟で皆とわいわい千住まで来たのではなく、独りで（深川から歩いて来て）千住で川を越したのではないか、と（宵）は新説する。勿論舟でもいいが、早や独りだったろう。
●更に、紀行の出だし、当時、旅出の習慣として**（表八句を柱に懸け置く）**というのですが、その地の句と文、

草の戸も住み替る代ぞひなの家　**（一）**

表八句を庵の柱に懸け置く　**（地の文）**

を記すのに、この発句（草の戸）あるばかりで、肝心の**独り吟の残り七句の記載がない**のです。何故ないのでしょうか、大いなる**謎**です。芭蕉さんに聞こうにも亡し。亡句連を探し復活せんと望み探しても、詮がありません。
（やむなく、続く序文の筆致（**散文**）ながら、**八句を遊**んでみますよ←）

（宵案）　（親しく修行して得たと思った俳諧の家も　振り返れば

1　**草の戸も住み替る代ぞひなの家**　まだ雛の屋なりし一念発起して代ふるべし）
2　**弥生も末の七日明ぼのの空朧々とし**　（弥生の末の空は朧朧と晴れ）
3　**月は有明にて光をさまれるものから**　（有明の月は光のをさまりて）
4　**不二の峰幽かにみえ**　（遠く高きを誇る不二の峰、近く花あり　その）
5　**上野・谷中の花の梢又いつかはと心ぼそし**　（江戸の巷よ　いつか再た見んや）
6　**むつましきかぎりは宵よりつどひ舟に乗り送る**　（皆宵より集ひ　我千住で舟捨）

7　千住と云所に船をあがれば前途三千里のおもひ胸にふさがり　（前途三千里）

8　行く春や鳥啼き魚の目に泪　（啼く鳥魚の泪　あ、行く春）

案外芭蕉さん、こんなの作ってみたけれど、上手く出来なかったから、隠し略したんじゃないの？（この省略の救済を誰かがするなんて！　不味った！）或いはもともと八句でなく、発句を活かした**付合**のみだった？

草の戸も住み替る代ぞ　ひなの家　（1）

鳥啼き魚の泪　行く春　（8）

これなら、下手どころか、なんと上等な付合ではないでしょうか。これを裂いて二句にし、後は略したか。（こうした遊びをさせる為にわざと省いて呉れたの？）しかしこの遊び、単なる遊びに終わらなかった。いや、（2〜7）を省いて、8を発句1に次いだこの「付合」にして漸く、**芭蕉さんの真意が見え始め**ます。但し「草の戸も」の発句、**「家」**の概念をきちんとしなければ、重要な発句の解釈も誤ります。その前になぜ江戸住の芭蕉さんも誰も熟知しているのに、宿場の名を、千住と云とわざと記したのか探らねば『草の戸』も正解には到りませんよ。

これは決して、普通多く説かれるような

×私の住んでいた家は、『奥の細道』旅銀のため売り立ち退いてから、ふと覗いてみると、小娘らの雛祭を飾る明るい家へと、早や新たに代替わりしていたというような単なる嘱目・感想吟でありません。そんな程度の発句なら『奥の細道』の冒頭に持って来る筈がないではありませんか！とんでもない俗解です。それこそ「雛」の解釈です。本解は、

○今までも最高をと目指し励んで来た**我々の俳諧（草の戸）**だが、この旅前、ある程度完成の新風の覚悟から省みると、**あれもまだ幼稚なもの（家）だったなあ**。いわば**それ「雛の家」だったよ（私の目指す俳諧は、もっと替らねばならないぞ）**と、**志つくづくの述懐の句なのですよ。**（家は俳諧流儀。大きく替る＝代替り）

我が新風を開拓してきたと思ったのだが、しかしそれも未だ雛の＝未熟な蕉風俳諧であったという自覚。それは世間一般の俳諧（貞風・談林）も含め指摘するのです。通常解のような（むさくるしい古家が新しく明るい雛の家（子らが走り回る雛段飾りの家に代替り（旧↓新）していた）なんてものじゃない。×

下五の「雛の家」は上五の「我が草の戸」の、今、後の目で見、覚った真実（未だ未熟で幼い俳諧修行だった）を衝く形容なのでした。○

順を上下入れ替えて読むべし。↓　**草の戸も雛の家（也し　今や）住み替る代ぞ**

俳諧は大人の家になるべく、もう代らねばならぬ　との反省・述懐をいうとしなければ、

何の意義もありません。それが、**年寄四十六歳になった翁の、新たな発見・反省とすべき**なのです。それを以て『奥の細道』を探ろうという、**若さと熟慮と力強さ**を秘めた**志の発句**なのでした。それを思うと、嬉しさで胸がふさがり、だから、春を行かせ、鳥を啼かせ、魚に嬉し泪させた **C** なのです。表の八句にて、出だしの二句は、繋がった二句なのでした。ならば「幻の巷」とは、未来の成った繁栄の新地で、ここの読みは、幻の巷のことを憶うと（「に」は「に対して」）別れの皆へは離別の泪をそゝぐと省略の利いた文なのでしょう。読み方をうっかりするとAの筋になり、全く解らなくなります。

（手の込んだ謎解きですねえ）

『奥の細道』とは、何も只、奥羽東北地方の辺鄙へ旅する意味ではありません。**俳諧の「奥義を探りに行く」**ということなのでした。発句、従来、誰も皆、この句を誤解してきました。つまり、**実は芭蕉さん、四十六歳にして未だ雛たることを自覚した、この雛はまだまだ生育しますぞ**　という句だった。それでこそ、冒頭に置くべき意義があるのでした。凄い！

（異国語に訳すれば）

Kusanoto ah; although it had secretly prided myself on being the house of the essence of Haikai, but it was little more than a house of Hina Matsuri (Girls' Doll

Festival).

●しかしその次なる新しい家のこと、それがどんな家かは、ここ『奥の細道』の出発点の書き出しゆえか、まだ示されていません。では探り得て、最後に示されるのでしょうか。途次ではどうだったでしょう。暗示は、俳徒や研究者にとって興味をそそられます。それを探るに、キーワードを根に持つ句々は、『奥の細道』紀行文の処どころに見えるのでした。

田一枚植えて立去る柳かな

の云うことなど然り。この底にあることは天和貞享の初期、

道のべの木槿は馬にくはれけり　（別案二句あり）、

と云ってみたり、

馬に寝て残夢月遠し茶のけぶり　（別案二句あり）

馬上落ちんとして残夢残月茶の烟

などの句から発し繋がることなのです。後者、別案（今は省略）の方が判り易いのですが、何度も夢中、落馬しようとしたと。**夢＝革新の考え**や実践は、実際は、悩みつつ、行きつ戻りつする。それ「**野**」は草深く、「**道**」は縦横に分かれているから、迷い込んだら出て来られない。それら（行きつ戻りつの俳諧革新の迷いの様を）を叙するのに、

野飼いの馬の、縦横分かれ道の、野中の迷い道の、などと、直接の訴えでなく文芸的に綴ったのでした。

木槿は、一日咲き栄える花。しかし一日のみの花。朝顔や他の芙蓉と同じ。これを朝鮮で「無窮花」と称し云うのは、群として夏中〜秋、咲き続くという別の様態をいう。一花・ひと花の観察では、芙蓉花類はみな、朝咲き夕に萎む。

道野辺とは、俳諧界、俳諧道、俳諧の在り方を探る修行など。木槿が貞門俳諧なら馬は談林でもあり、歴史的な過程の実際を見て、槿が道の辺の談林なら、馬は芭蕉さん自身（乃至蕉風）のことと。（一つに限れず。「馬」は頭の中での意識では、俳諧そのもの、俳諧のあらゆる要素のこととして指摘も出来、乃ち**二面二意を持つ暗示**）。

残夢とは、旧い俳諧のこと、その記憶。しかし一方、新しい俳諧のことを愉しく夢見たその余韻とも。迷いの姿でもある。

● **「野を横に」**の句の下地として、見に行こうとするところは、**「殺生石」**という地名にも拘って考えねばならぬのです。更にそこは**「九尾の狐」**の伝説の地でもあります。そうした**怪しげ**な謂れのある地での、この句であったのです。殺生石への道野辺で、馬の口取り男が、ふとやさしきことをいうと。この**絶妙の文立て**を見逃してはなりません。文は

…石の毒気いまだほろびず、蜂、蝶のたぐひ真砂の色のみえぬほどかさなり死す…

と。これ、昔の俳諧の掟、今の頑迷な世のそれ、それに**毒された善良な俳諧（者）が死屍累々と**そこに重なっていた、それを**救わねば**と。己の姿もそこにありますよ。この光景、芭蕉さんの頭の中で、残夢として張り付いていたのです。しかしその**志**を芭蕉さんは、紀行文ゆえ全く**晦渋させた句文**をもって残したのでした。（芭蕉さん、偉そうな見解を述べる時は、謙虚を示し、常に遠回しにいうのです。だから判り難いのです。でも封建時代は、うっかり素心をあからさまにいうと、命が危ないのです）

●**『遊行柳』の段「野を横に（俳諧の方向を捻じ曲げて見せようとした）」**芭蕉さん、「紀行」次の件りは、図らずも、いや拵えたが如く、**西行ゆかりの『遊行の柳』**＊の「蘆野」の舞台でした。そして尊敬する西行に、重要なことを告げました。

田一枚植ゑて立去る柳かな

芭蕉さん、俳諧の座の態度の在りようは、**都度、新苗を田に植えるのだ**　との心で、為していました。真面目な文芸者の在りようなのです。

＊『遊行の柳』は能の演目。時宗の（一遍上人か誰か）遊行上人が従僧と、白河の関を越え、ここ蘆野で分れ道にさしかかり、広い道を行こうとすると、老翁が現れ、

古道を行き、西行ゆかりの「朽木の柳」に念仏を唱えるように　と頼む。ここでも、前段の野中の馬の引き向けよ　の**分れ道**が登場。関連して等窮との三吟あり。

花遠き馬に遊行を導きて　曾良　（須賀川『風流の初や』の巻　後述）

老翁は消えたが、のち処の者がいうに、それは「柳の精だ」と云い、歌も教えた。

（西行歌）　道のべに清水流るゝ柳蔭　しばしとてこそ立ちどまりつれ

上人らが柳に弔い念仏をし仮寝をしていると、柳の精が現れ、阿弥陀如来の教えや『源氏物語（若菜）』を語り、礼に舞いを舞った。

●蘆野でのこの芭蕉さんの「田植句の解釈」は幾つかあります。**誰が田を植えたのか、**（村の早乙女か、西行か、幽霊か）議論が絶えません。芭蕉さんに決まっているぞ。植えた＝新しい（革新の）俳諧を自分は工夫した、しているぞと、それを「田植ゑ**て**」と象徴し示したのです。ただし謙遜して、一枚　と。（この田は『冬の日』の、米を苅る野であり、正平が成句した「野田」なのです）。爽やかに苗を田植えしたのでした。それを尊敬する**西行さん柳（遊行柳）にお見せした、**報告した　と。こういう田のことが念頭にないと、田植えした者が、早乙女か、西行か、幽霊か、などと、語るに落ちる案をいうことになるのです。

西行も、あれだけの名声を得るまでには、なみなみならぬ苦悩をした伝があります。

文芸の道には、身内も帝も職も要らぬと捨てたこと。彼は帝や都を護る北面の武士でした。それを芭蕉さん己の苦悩と二重写しにしたとすれば、この句は**西行崇敬**の句とはなります。いや西行の柳（の意味するところ＝歌文芸の工夫のこと・柳＝象徴）は、**もはや「芭蕉さんの柳」**としても存在すべきこと　と洞察すれば、今や芭蕉さん、工夫の新俳諧は、それを整えました、成しましたよ　と**象徴の柳**となったのでした。和歌の西行さん並みに、俳諧の私は私なりに、新工夫した田を（一枚）植え付けましたよ　と。これはかの、「行く春に和歌の浦にて**追い付きたり**」と同じ筋、芭蕉さん念願のことです。**目標達成の報告句**なのでした。そう翻って詠めば、「立去る」のニュアンスは、更に、私が工夫した俳諧のレベルは、或いは**もう西行さんを越えた**　と自得し、誇った　のかもしれません。そういう句だったとして、ま、だからともかく、田一枚植える時間を、西行崇敬とてしばし思い遣り、そして未練なく、颯っと立ち去った　というのだと思います。（或いはここ（蘆野の柳蔭）で、今、一枚田植えしましたよ　としてもいい。どちらでもいい。柳の精（夢の主）とか田植女の入り込む余地（写生の実）などは出番なし。その旅人の去る姿は、とぼとぼではなく、吹く早苗風に颯爽としていましたよ。幽霊はねえ。幽霊は化物だから神出鬼没、あり得るでしょう）。

　ただし、各務**支考**によれば、この句、原案（ないし別案）は、

田一枚植えて立ち寄る

であったと（伝）。田一枚植えてから此処に立ち寄った　とも、ここで田を一枚植えたそのことをもって、西行柳に立ち寄った、立ち寄らせて貰った　とも解し得ます。（既に西行さんを越えたぞ）の自負よりも、西行に（寄る、近づいた）と、素直に崇拝の念が強いですね。そしてこの句なら、逆に西行の歌（しばしとてこそ立ちどまりつれ）が、優しく利いてきます。さてどちらがいいか。こうした解釈の自由度、余裕が、文芸、堪らなく嬉しい。句の眼目は、やはり「田＋一枚＋植え＋て」にある。これは変わりません。

（余談ですが、この「蘆野の遊行柳」は田の畔に何代にもわたって植え替えられ継がれきた末のもので、何時の世に見ても、実際をいえば、大陸で見る雲を衝くような楊柳や垂柳の大木でなく、ひょろひょろした痩せ木でした。まさに「朽木の柳」で、西行ゆかりの柳も名ばかりであっては、むしろ哀れ、滑稽であったか。（それが芭蕉さん発句の動機だったか）。ならば、この句「植えて立去る」は、心底から自然に出た表現ではなかったでしょうか。芭蕉さん、西行法師は尊敬しましたが、人格、歌のどこかに、古いものを冷静に見ていたのかも知れません。

なお、かつて（宵）が小旅で、田畔流れる小川の岸に生えるこの柳（まさに朽木に近くひょろひょろと痩せていた）に、立ち寄った時のことです。丁度、前の田で村の婦が田仕事をしており、近寄って話し掛け、この先の道筋を聞こうとすると、女性は不思議にも「知らぬ」という。そして「生れてからこの村を出たことがなく、村の外は全く知らぬ」というのです。隣村への道も行ったことがない？現代社会では考えられない不思議な田女でした。すげないと思いつつ、蘆野の此処を去ったのですが、考えて見ればこうも考えられる。「自分の行く先は、自分で探しな」「人に安易に聞くものじゃないよ」という教訓かもと。であれば、その偉い田女は西行さんの化身でもあったかと。旧式俳諧どっぷりのことかと）。

●このように道、**分かれ道**のこと、句案にも二案などがあるのは、推敲の過程で常にあり得ること。しかも実際に、芭蕉さんは単に推敲するのでなく、弟子や友人を教育する観点？からも、複数案示し議論させ結果を問うことしばしばでした。（先述の**「行く春」**の句を去来らに論じさせ賛否を問うたけれど、それは既に自身の中では決まっていたのです）。また次もありました。甥桃印の死を慟哭したのです。

一声の　江に横たふや　ほとゝぎす　（「芭蕉書簡」。いっせいの）

ほととぎす　聲横たふや　水の上　（「同」。聲や　他二案あり）

（後者を沾徳推す。許六反対し前者推す。去来また反対す。宵、許六に組す）。

●もっと重要な句ですが、芭蕉さんは支考にどちらかを問うたことがあります。

人聲や此道かへる秋のくれ

この道を行く人なしに秋の暮　（この道や　の案も）

あなたはどちらが好きですか。殊に**裏の本意を隠**す場合、案外、意図せずも、正反対の意義を唱えてしまうことがあります。この「秋の暮」の句がそう。確かに、芭蕉さん悩みの「孤」、「隔て」などの状況を、悲痛に或いは厳しく発句するとすれば、（この道を行く人なし）なのでしょう。この（人声／行く人なし）、両者相反する意義です。支考の意見判断をいれて後者に決したことになっていますが、前者は前者の味がある。**連句的vs発句的**とも。つまり発句としての価値なら後者としても、句の裏の人（格）・人情を思えば、前者は捨てがたい。連句と発句の違いですね。しかしそうとして改めて眺めるも、両句に置いた「秋の暮」の季語のアレンジは、やや甘いのではないか。殊に後者、ちょっと付き過ぎでしょう。前者のそれは、よかろう。この辺り勿論芭蕉さんも気懸りだったのではないでしょうか。それで弟子に判定を求めたか。句が変えられなくとも、変える案は幾つも試した筈。しかし弟子の教育にはなると議論させたのでしょう。

句の表現の構造、上五、中七、下五、の切れと繋ぎ、助詞の（や）の、詠嘆（切れ）ないし主格の（は）となる働きのこと、また連体修飾語と用言の終止形ないし連体形の紛れなどが、句作りの妙と相俟って巧みに双重化され、それがあからさまな解釈のカモフラージュ、晦渋などに及ぶことは、先の「荒海や」の他にも幾つでも見られます。（だから句の修行として、詞を知り、遣い方を弁え、工夫する修行は欠かせません）

句案に推敲の過程はあっても、結果決定的な案と断じ得るものを得た時は、弟子や友人にそういう両案を示して考えさせることはありません。例えば那須野での、「かさねとは八重撫子の名なるべし」とか、「野を横に馬ひきむけよほととぎす」などは、芭蕉さんの中では、替えようがない決定的な句（治定・定稿）なのであり、誰にも諮らなかった。弟子に代案を迫ることや、まして名配することもありませんでした。

●なお、**捨てた句に、案外その人の誠がある**ものです。また推敲の結果、句として残す（優れた）方のものには、往々、実でなく虚（嘘）の場合がある。文芸至上主義のこと、それは文芸上のこととて許される。いや文芸は半分虚だ。その虚を、また虚の真を、読み取り味わうのが文芸ともいえます。だから、その人の文芸を、人、人格一体に見ることには危険があるのです。

（また私事で恐縮ですが、昔、職場俳句会で年集を編むに、普通は月例会の高点句から選び編むものですが、（宵）は「無点句供養」と題し句会で落とされた句屑を会の年集に出したことがありました。会の高点句や結社誌の被選句とかは、既に表彰されたものです。もう充分だ、またも賞賛する必要はないと。今老年になりその集冊を読み直して、却って愉しく感じたりします。句々、どれも冷ややかでない。傷病者、死者を憐れみ悼み励ますこともいいではないか。この筋で考えると、個人の後年編み発刊する「句集」も、他人が選び紹介する「年鑑」とか「代表句」とは違うものであるべきかと。もう人に見せ、上手いだろうと誇る為に出版するのでなく、後年自分が何度も読み、当時交際の面々を思い浮かべ、味わい、懐かしむものだと思うのです）

cf 草いろ〳〵おの〳〵花の手柄かな　芭蕉

●なお、**現代連句の形式を模索し、その一つの形式の「曼荼羅」を考案・実施**した（宵）のも、同じ哲学の延長です。全ての子、捨て子（付句案）をも救い活かすという。その為には、通常一次線形連句は不能であり、二次平面、三次立面、多次ブラウン宇宙運動を連ねるもの　となったのでした。それは最早、紙に記すことを越え、コンピューターの援助で行う連句でした。少し説明します。

昔から芭蕉さんの句文で好きでない一節がありました。（『野ざらし紀行』）。

富士川のほとりを行に、三つ計なる捨子の哀げに泣有。…
猿を聞人捨子に秋の風いかに
いかにぞや、汝ちゝに悪まれたる欤、母にうとまれたるか、

ち丶ハ汝を悪(にくむ)にあらじ、母は汝をうとむにあらじ。唯これ天にして、汝が性のつたなきをなけ

父母とは何、子、捨子とは何。これらは実際のこと(捨子)から、芭蕉さん心の志(俳諧の歴史)を見ていう父母子でしょう。心を鬼にして、富士川のほとりで捨て子を見捨てた。**見捨てるか、生かすか、就いて行くか**、迷い、苦悩し、その上でなお、二つの分れ道では、「お前・ほと丶ぎすよ　野を横に馬ひきむけよ」と、覚悟の選択、取捨をせねばならなかったのです。人生、俳道厳しく歩む。そうしなければ、志の人は生きられなかった。捨子を拾うか、馬を牽き向けるか、道のままに行かせるか。人さまざまですが、芭蕉さんは、敢えて力の限り、野で、野をも、曳き向けたのでした。

●考案し実践した現代連句の一つの形式の「曼荼羅連句」は、捨子を作らず、健常者も障碍者も病弱者も衰老者も幼稚者も(狂者)も、生まれた者は全員、救済しつつ育てて行く　そういう優しい連句なのです。(cf　通常の一次線形連句は、優者のみを求め、劣後者を蹴とばし振るい落とし進む厳しい連句です…**「連句の形式論」**)

これ(形式)を考え論じるとは最早、**人生観の上の、哲学の文芸連句論**というべきか。最初に、(形式)のことをもっと真剣に考えよと申したのは、これらを考えよといったのです。何百年、36句の歌仙マンネリでは、そういう哲学がありません。

cf 片輪なる子はあはれさに捨のこし　**路通**（「やすやすと」の巻）

どの句も捨てない、どの子も救う　などというのは、ここらの芭蕉さんの俳諧や趣旨と正反対のことかもしれません。矛盾の論旨ながら敢えて申し述べました。

● **「推敲」**のことを話して来ましたが、句の解釈で**「誤解」は、推敲と同根**です。よく世間で誤って解説されてあるのが、前にも述べました、『冬の日』第一歌仙の亭主野水脇吟です。重要なことなので再度申します。

たそやとばしる笠の山茶花

用言の　とばしる　は、たばしる（とはしる）とか、とばしる　散らす　などと論じるはともかく、その主語　**誰そや**　の「**や**」を、単純疑問の「や」としがちに誤るのです。此処これはそうではなく、**＋反語の「や」**　でなければ、俳諧連句は**亭主脇吟**にならないことを悟らねばなりません。単純疑問のままとすれば、木枯しとは何か、それが句の中でどう働くのか、山茶花とは何か、どういう意義があるのか　の詮索も利いてきません。過ちます。この句の「**誰**」は、「誰が笠に挿してあった山茶花を散らしているのか」という単純疑問、問掛けではなく、問う詞を用いつつ、実は正答を知っての上で、敢えて（口中反論の）疑問詞を発する＝人間社会でよくいう口吻ですよ。即ち、

いえいいえ、粋の象徴の山茶花の花びらは、誰が散らしているもんですか、

(散らすの否定・反語) 貴方様の笠には、木枯し風にも負けず、
しっかりちゃんと挿されていますよ。

と、**反語の念押しの「誰(でもない)」**でなければ、俳諧連句、**挨拶返し**にも巻の趣旨にもなりません。**山茶花**は冬の日に健気にもあえかにも咲く花(=**貴方の工夫の新俳諧・蕉風**)、しかしその花片は**風に散り易い**。それが荒れ狂う木枯しにも堪え、どうしてどうして、旅人貴方(漂泊の真の文芸者)の笠(象徴)にちゃんとしっかり着いているではありませんか というのでなければ、**俳諧(発する句+和する承吟)**になりません。私ら座の者は、そのこと、その意義をちゃんと認めますよ と。

× "Who is scattering the petals of Sasanqua (santacha flower) that were inserted on your kasa hat?" **(Simple question, asking)**

○ "(Are you saying that) the petals of Santacha flower (the symbol of chic) inserted on your kasa hat have been scattered? no! they are firmly placed even in the wintry winds." **(Antithetical reminder)**

発句が、**表向き**、謙遜にも己を憐れみ、負の呟き、叫び、嘆きを挨拶吟にしたとき、客を迎えて持て成すべき亭主の脇吟は、それを否定し、正に戻し、慰めねばならないのです。その心持の表しは、結果、客の謙遜したことを、却って賞賛することになるので

す。それが俳諧の座の**亭主の役割**なのです。であれば、この脇句の応答は単純な疑問であってはならないことは明白です。「俳諧」になるかならぬか、それは座で最重要のこと。談笑の付合、慰め合いの「**和**」こそ、俳諧の座なのですよ。そういう**誰**でした。

（ついでに**誤解**のこと　一二）。

●現代俳句から、石田波郷（『鶴』）の句です。

霜の墓抱き起されしとき見たり

これは上五の力ある素材（主題か）、中七説明の多様性、主語の省略、作者作句の背景の知悉の如何が、複数の解釈を惹起するのです。（縦長の重い墓石の工事・移動も、「抱き起す」という様態の、状況よく起こり得る描写であり、それはそれなりの情緒を生みます）。俳句は極短形ゆえ辞句の省略を旨とし、殊に吟者「我」は殆ど省かれるので、掲句の場合、見事に誤解を抱かせたのでした。「霜の墓を」と、**を**　なる目的をとる助詞を補えば判り易いのですが、それでも二通りの解釈は残ります。

波郷の云おうとすることを散文にすれば、「病床の我が介抱され丁度抱き起された時、庭向うの墓地の、霜のついている墓石を我は見た」としたいところなのに、**我**を二度も省略した掲句でしか、十七文字に出来なかった。また本来の眼目（詠みたい主題）が「霜の墓」だったので、上五に置いて、絶句した切れの表現なのでした。しかしこの誤解をさせることは、意図せずも吟者の狙いでもありました。それは病者波郷の、「あの霜を纏った墓石は、もう直ぐそうなる己なのか（あたかもピエタの聖母子像のよう）の」という、絶望の中での観相のことを読者に訴えたのです。己の言わんとすることが、その通り他人に解るかどうか、助詞助動詞などの言葉遣いの、満足・完璧はむつかしい。この句、究極の不完全が哀れでありました。

●また『野ざらし紀行』に載せる芭蕉さんの句、

芋洗ふ女西行ならば歌詠まむ

現代人ならば、多くは「芋を洗う女がもし西行だったら、（ここで、今）歌を詠むだろう」と解するでしょう。女＝西行と。それが素直な語順、読みだからです。しかし芭蕉さんの句意は、「今我が眼前に、一人の女が芋を洗っている。それを見た。河原か盥の前か、裾の前を開いて懸命に洗っている。ちらちらと脛も腿も見え。もし（我芭蕉が）西行だったら、或いはもしここに西行さんが居たなら、エロスの歌を詠むだろう」というのですよ。勿論あの久米仙人の面白い伝承話が下敷ですよ。主客を換えることも一案です。どんな歌を詠んでくれるのか、気懸りで興味津々ということ。芭蕉さん直ちに恋句を詠むのでなく、故人に託して、随分手の込んだ恋句を作ったものですね。初めの読みは、実にはあり得ない（女≠西行）。でも文芸虚ありで、（女＝西行）も詠めば読めます。どちらが面白いでしょうか。なお、この句は『春の日』の第一歌仙で、**「ほとゝぎす西行ならば哥よまん」**と**荷兮**に奪われました。荷兮の句も誤解させる読みでしょうか。いえいえ、こちらはちゃんとホトトギスは嘱目の対象で解り易い。こうしたことは、**類句、盗句、剽窃の類**になるのですが、開き直っての公であれば、案外許す、つまり**本歌取り＝オマージュ**であります。それはまず**感心、尊敬するが故のこと**だし、両者を較べ見る面白さを提供するからでもあるのです。本歌取りかそれに発想を得るのは、**川柳**が盛んです。揶揄滑稽に変じる心で、類似真似するのを**パロディ**という。揚げ足とりに類する句も多い。しかしそれも俳諧精神の一端というか、むしろそれが本質でもあります。**「反逆精神」「歌舞く」「粋」に通じる。**凡そ文芸は、先代の作品を踏み台にして、新時代の、己の（個性ある）作品を作るもの（＝**襲ね**）。なお、句案呻吟中の**推敲は、誤解釈とは同根**のことです。ひょっとして別案に決定して居れば、誤解釈の案になっていたかもしれないのですから。

●もう一つ。芭蕉さん、『阿羅野（曠野）』巻三、仲夏に、わざとしました。

岐阜にて

おもしろうさうしさばくる鵜縄哉　　貞室　　（操士（師）、鵜匠のことか）

おなじ所にて

おもしろうてやがてかなしき鵜舟哉　芭蕉

貞門の安原貞室が微視的に鵜縄の捌きを云うに対し、後者少し大きく、遠景に、時間経過と興る感情を詠み入れたのです。本来ならそれも**鵜飼哉**とでもするところ、貞室の句が具体的であった為でもか、やはり具体的に**鵜舟哉**としました。どう違うのでしょう。多くの人は、芭蕉さんの句は、いい鵜飼の句だなあと感じ、句を思い出すときは殆ど、鵜飼哉　と再現してしまいます。私も昔そうでした。岐阜の人も殆どそう。俳句として記憶するからでしょう。貞室の句は、必ずしも川の中で鵜飼をする船の上での鵜匠の手仕事の縄かどうか、川辺や鵜匠宅での準備（・手仕舞い）作業もあり得ます。好意的に読んで、いや普通に読んで鵜飼漁（今では専ら観光事業ですが）の最中のこととはするのです。しかし芭蕉さんの句の**鵜舟哉**は、もっと実のことを詠んで違うのです。**重い**のです。**舟**は、水辺、運輸の用ですが、**家と同じに、**ここは芭蕉さん云ったのです。乃ち、「我舟（我が家）の俳諧は面白くも哀しみも」と告白、呟き、宣言をしている句なのです。たしかに鵜飼は手捌きする。人生、生活、学や遊など、皆何がしか己が工夫しつつ捌くのです。俳諧もそうで流儀がある。己が家にて修行し遊び、立つのです。貞門の俳諧も面白いでしょうが、蕉風我が家の俳諧は面白い遊びだけではありません。遊べばやがて哀しさもと。前書にも自負が表れています。鵜縄句よりは断然いい。

●舟のこと。『奥の細道』前日・初日の記事、**舟**は苦楽してきた同心、旧世間は**船**と遣い分けたのです。芭蕉さんは細かいですよ。一字で俳諧の苦悩・志を示しています。

むつましきかぎりは　宵よりつどひて（苦労の本心知る者らは舟で我を送ってくれた。

舟に乗て送る　　がんじがらめの千住（の世＝旧我も）と別れるに

千住と云所にて船をあがれば　世間並の大**船**も乗り捨て訣別せねばならぬが、

前途三千里のおもひ胸にふさがりて前途洋々、夢の実現予感に感激。「奥」から続く

幻のちまた　離別の泪をそそぐ　未来の幻の巷から窺うに、旧巷と別れた懐旧と

行春や鳥啼き魚の目は泪　嬉しさ＊に渾身の泪を注ぐ。（素心なる鳥魚ら）

皆も早く世を改めて呉れる救世主が現れないかと待ち望んでいたので、**大祝福**。）

千住で船をあがることは、旧世間旧俳諧と訣別のため必至。その舟・船の遣い分けでした。

それにしても芭蕉さん、巷を何故かなでちまたと書いたのでしょうか。幻　のち　また

離別の（人に）泪をそそぐと読む鍵をひそかに残したとしか思えません。

○　＊芭蕉さんは、胸がふさがる　とか　離別の泪　とか　遣っていますが

それ　悲しいとは、芭蕉さん、どこにも云っていませんよ。

●なお、人の佳句を**再度採り**上げて、そのまま付合にしたこともありました。

「蓮池の」の巻　五十韻　　貞享三年　岐阜にて（『つばさ』）

土産にとひろふ塩干の空貝　　落梧
かぜひきたまふ声のうつくし　　越人
何国から別るゝ人ぞ衣かけて　　芭蕉　（何国　いづく）

「雁がねも」の巻　歌仙　　貞享五年　深川芭蕉庵（『曠野』）

足駄はかせぬ雨のあけぼの　　越人
きぬぎぬやあまりかぼそくあてやかに　　芭蕉
かぜひきたまふ声のうつくし　　越人

後者の付合、芭蕉さんが詠んだ前句「**きぬぎぬや**」に、わざと、かつての越人が詠んだ案で後句を付させ、越人の手柄を再現させたのです。珍しい。越人短句の佳句「**かぜひきたまふ**」を芭蕉さん、二年間も忘れられず、常々か、前句や後句を長句で思案し付けていたのでしょう。そして今、「足駄はかせぬ」と越人が詠んだのに対し、最高の付合「**きぬぎぬや**」が浮かんだので付け、そうよ、其処こそと、「**越人よ、例の佳句をそこに置いてみよ**」と促したのでしょう。「**かぜひきたまふ声のうつくし**」。いいですねえ。どんな上臈でしょうか。三句はマイナスイメージでしっとりとしました。前回の場面の情景（筋）やニュアンスが全く異なったものになり、しかもそれは最高に成功しました。両吟の故でもあります。

尤も前の越人句も、前後の移り、恋の付合、素敵でした。多分芭蕉さん、己の付けた（**何国から**）の案に、いくらか不満があったか、いや佳句の越人句を更にもっと佳句にしたいと反復していたのでしょう。随分しつこいこと。でも前後改めて、最高の付合に完成させたのです。これが連句の　**得**　というものなのです。粘り勝ちです。連句人、連句生活の　**徳**　ということですね。（他者の句を直して佳吟にするのは、無償の好意です。でもそれに愉しみがなければ、宗匠なんかやってられません。その人に喜んで貰おうとかいうのでもなく、全ては、ひたすら文芸の女神に供える頌なのです）

（前述　等窮との連句でも素敵な恋句がありましたよ。**楠の小枝に恋をへだて丶**　翁とか　**手枕にほそき肱をさしれて**　翁　とか。連句ですからその前後とかも、しみじみの情があります）

（六）

芭蕉さん　句の手直しのこと（象潟編）

芭蕉さんが普段の在庵スクールに在る如く、弟子らへ実際に教えたり、手直しをすること、その習わしは『奥の細道』内でも実際ありました。親切とも、教え好きとも、いや誠に文芸好きで、自分の句他人の句構わず、考え不足や齟齬があれば、どうしても気になり、直せば良くなるとなれば、何としてでも厳しい恵みの手を入れてしまうのです。凝り性というべきか、観光目的で訪れた象潟でも、同行の皆の句案を見て、取捨選択をしています。人もまた、翁の添削を有難く思うのでした。宮部弥三郎（低耳）＊と曾良の句の素案から、種々のことを考察してみたいと思います。

＊美濃の商人、弥三郎低耳の姓は宮部です。長良川沿いに居（かつて美濃派の国島十雨氏が探索したが確定せず）。特産の美濃紙（武儀の森下紙）かミノ茶か美濃犂（飛

驒のヒッカ）かの商売行脚し、帰り荷は海鵜でもあったかと。（宵、先著p－83）

『曾良旅日記』では、**弥三郎低耳、十七日ニ跡ヨリ追来テ所々随身ス**

と、如何にも既知の間柄のような、しかも人柄実直そうで好もしい書き振りです。

曾良句は**「象潟や苫やの土座も明やすし」**でした。さして悪くない句です。後述しますが、これは捨てられました。そして芭蕉さん、酒田で落ち合った美濃の商人低耳の素案は、こう直しました。

象潟や蜑の戸を敷き磯涼　（素案）←

蜑の家や戸板を敷きて夕涼み　（修正）

上五で象潟（其の場の重要な地名＝限定）を消し、下五で主点の状況の描写、すなわち、磯涼みを夕涼み　に直したのです。素案原句とどう違うのか、どういう考えで直したのでしょうか。原句は、象潟の地名、磯などの素敵な語あり、直しの句より素案の方が良さそうにも思えます。折角だから芭蕉さんから学ばねばなりません。この「直し」の根幹は何でしょう。

まず、ここ象潟は名所松島にも劣らぬ歌枕で、景と情の目的地でした。そういう地では称句を、象潟を誉めねばならないこと、多くの人はそれを「不易」の句柄にて為そうとします。自分の記念でもあれば、地名の詠み込みは必須でしょう。その作りは案外容易ですが、十人が作れば凡そ八人は同趣の句になろうもの、個性ある句を「流行」（＝時代の実存）の裡にそれを為すのは難しい。ではそれ、美濃（ミノ蓑笠に通ず）の商人の弥三郎低耳には難しいことだったでしょうか。否、彼は、いささかの和歌俳諧の心得はあったのでした。この素案も実存の句でした。

しかし、ここでは、何よりも翁自身、渾身の名吟を句案し、吐いています。

松島は笑ふがごとく、象潟は憾むがごとし。

寂しさに悲しみを加へて、地勢　魂を悩ますに似たり

象潟や雨に西施がねぶの花

象潟にあって、この句を越える句は、古今東西、誰も成し得ないでしょう。実際は見知らぬものの、文芸に聞き及んだ大陸の太古絶世の美女**西施**を詠んだのですが、あやふやな虚句ではありません。その頃、酒田象潟は結構、**雨（がち）**でしたし、**合歓の花**を愛で寄せたのは、それも其処此処で嘱目したのでしょう。しかもその両つが、一句の中で全き風韻を為したのでした。（「に似たり」は余韻というぐらいに軽く採るべし）。つまり、この句があるので、他（者）の句の対応をどうするかが紀行文ゆえにポイントとなるのです。殊に「象潟や」の謂いで、残し得る句があるか　が問題なのです。

曾良の『俳諧書留』によると、芭蕉さん自身、その句の初案は

象潟の雨や西施がねぶの花

であったらしい。折角の象潟も雨で残念という実景ながらマイナス思案が先ずでした。雨で恨めしいと。それを西施を想い浮かべることにより、気持ちプラス化し、きっちり素案を秀句に成功しました。初案のことです。**や**が詠嘆切字であるとしても、**の雨**があるので、文法上をいえば、「象潟の雨」と「西施がねぶの花」と等置の関係となり、着想はそうとしても、その直接化のニュアンスは、ちょっと好まれないことでした。

なお芭蕉さんは、象潟と松島を対比させましたが、松島では特段の句はありませんでした。謎です。一言推し申しますと、本文にある通り、多くの人から餞別に松島の参考吟を贈られており、ここに芭蕉さん吟を載せれば、それらと競合するでしょう。（もし翁が松島で絶唱した句を残したら、贈られた皆々の好意の句より上等で各位の句を貶めたことになります。こういう気配り（連句の精神）が翁は出来るのです。そして折角の『奥の細道』にすら、己の吟を省く勇気、誠を忍ばせる人だったのです）。

また世に余りにも多くの人が既に松島を称えました。いわば舞台の名優、遊女の花魁。不易の絶景。それで今更の称吟は出来なかったのではないでしょうか。象潟の寂しげな美の風情を憐れむと。また松島の仮に名句が出来て公表あれば、どうしても象潟の句と競います。いや態と詠まなかったことにしたのです。何故だろうと考えさせるのです。松島（の何）より、象潟（の西施）を推奨したことを。そうです。松島が表舞台の　シテ　であれば、まさしく象潟の西施は裏舞台の　シテ　でした。裏舞台のシテが西施なら、表舞台のシテは勿論、楊貴妃です。歴史の伝の囃しでは貴妃の方が上です。しかし芭蕉さんは敢えて貴妃を落としたのです。好き嫌いがあったというのは聞きません。歴史の伝で、英雄たちの政やその成就の戦いの為に、犠牲になった女性は数え切れません。それを最も美化した伝は、戦国時代の楚王項羽の愛人虞姫のことでしょう。これには愛馬騅と虞姫の自死後その墓に咲いた芥子の花（虞美人草）がおまけの逸話として残っています。別してともかく、芭蕉さんは、救国の美人西施の義を立て誠を尽くしたのでした。

それはさて置き、芭蕉さんはもう一句、**鶴**の脚が歩む海辺の実景を詠みました。

汐越や鶴はぎぬれて海涼し

この初案は、**腰長や鶴はぎぬれて海涼し**　でした。汐越というのは象潟の当時の村落名です。翁も、素案（腰長（たけ））が鶴の腰越す程、という直接写生（上五と中七の強固な一体措辞）では、ちと無粋であり、殊更ここ象潟を指示しない案より、奇しくもそこは古地名で「汐越」であったこと、これはラッキーで、その汐越に直したことで、如何にも汐浪が寄せ来る感じが増し、涼し気となりました。両案を成功させたのです。これら直しは、その場でか、後年紀行編纂時かどうか、芭蕉さんの「直し」は実に適切でした。象潟の波打ち際を鶴が腰長に海を歩き、如何にも涼し気です。「汐越」の句は「**涼し**」が趣向でした。象潟の重みを外し、芭蕉さん軽くなり、気持ちがよかったのです。

でも「象潟」や「海涼し」の辞を、こうして既に己の句に用いたので、後の紀行文治定の過程でしょう、並べて低耳の秀句の案「象潟や蜑の戸を敷き磯涼」をそのまま入集するには躊躇し、直さざるを得なかったのだと思います。低耳の責任（下手とか、「象潟や」を上五に置いたこととか、磯とかのこと）ではありません。紀行文の並べの見場の故と思います。中七に、やや紛れがありますが、まずは遜色ありません。むしろ、芭蕉さん好みの（蜑戸、涼）が遣われての秀句、捨てるに惜しいのでした。（紀行の体裁・並べのことで同趣を排するというなら、芭蕉さん、象潟の前、酒田で「あつみ山や吹浦かけて夕涼み」がありますよ。数日の時空が違い間に種々あればいいことか。曾良の「**象潟や苫やの土座も明やすし**」ですが、「明やすし」は、「の夕涼み」でもいい。しかし直ぐ並べればダブリます。低耳の、「磯涼み」が、「鶴脛の海涼し」の海と近接だから避けたというのでしょう。）

上五に「象潟」を置く案は、同行の曾良や地元案内役の不玉も数句あり。

象潟や汐焼跡は蚊のけぶり　　　不玉　（入集せず）

祭礼

象潟や料理何くふ神祭　　　（曾良）　（前書付。添削なし＝実は翁吟）

象潟や苫やの土座も明やすし　　　曾良　（『俳諧書留』にあり　入集せず）

その他二人の同行者（今の加兵衛、又左衛門）も、皆「象潟や」と名所名詠み込みを図っています。うち、「祭礼」の曾良句のみはそのまま（後述）、『奥の細道』に入集したのです。曾良の（苫や）の句や土地の有力者の不玉句（汐焼跡）などは捨てられました。さすが地元の不玉はもう何句も詠んだ現場、在り来たりの不易句で褒めることはせず、（万葉時代の面影も跡形なくなった）などと新句を詠んだつもりで、案は（消滅の儚さ）を「蚊のけぶり」などと描したのですが、今一歩でした。

●さて、低耳の**（象潟や蜑の戸を敷き磯涼）**は、曾良の**（象潟や苫やの土座も明やすし）**に似ます。**実景**だったのでしょう。土着の生活の現しを詠む。見どころはいい、どちらを入集させよう、曾良の下五　明け易し　は（雨の上がりのことではない）明け方の時分をいえば、酒田で十日余り過ごすうちの印象が移ったのか、句のいう象潟の此処はしかし夜明けでもなく、句はその嘱目ではなかった。土座も、（暗いは分るが明けやすい）とは不明確だし、土座そのものはどこの海辺や農の寒村でも見られること。較べれば低

耳の素案 **蚤の戸を敷き磯涼** は、戸を敷き と、具体的かつ新鮮です。曾良や不玉の句に比し、**実**で通しています。だから力がある。まず曾良の（土座句）を消した。実際、蚤の苫家に膝を入れたのは、夜明かしではなく磯涼み、乃至、雨宿りの為でした。低耳句の素案で、一点曖昧なのは、「蚤の戸を敷き」の措辞と思います。己らが、蚤屋から戸板を借りて敷いて磯涼みをしたのだと思われますが、（我は省略としても、通常こういう謂いは我のことが多い）、**「の」** は、主格の **が** にも所有格の **の** にも通じるのです。主格の「蚤**が**」だと、「蚤たちが」の意味にも、己らが粗末な戸板を敷いて涼んだようにも聞こえます。そういう場面でも、住民の風俗では、そんな粗末な扱いはせず、客は上に揚げ、蚤家人らは土座することでしょうが、「そのまま、そのまま、私たちも戸板に涼ませて下され」と一緒したか（己たちだけでもあり得るが）、ともかく戸板に座ったのは己（達）だったのです。文法二様ある場合、良い方解すべきことです。（「蚤は」としたら、「蚤だけが」の意味がさらに強くなり、そういう写生句はここは駄目です）。蚤の素朴な人と、己らも**一緒に土座で**、心で涼む そういう感覚が欲しい。「誰が」論争はいわずもがなで可。そして磯涼みの語は捨てがたいが、特殊で波打ち際でも崖上でもなく、それは磯辺の蚤家でのことだろうから、ここは夕涼みとしていいと。磯涼みの言葉の特殊に較べ、夕涼みは誰かれなくするもので判り易い。多分、昼間は海人は働き、夕べに差し掛けては夕涼みをするのでしょう。それが実であれば、夕涼みでよかった。実かどうか、何も昼間から涼むのは蚤の生態としてもぎこちない。殊に俳諧のことをいうならそれがいい。我が家の俳諧人（野人、蚤人）は、戸板で夕涼む（ような句を作り）俳諧をするものだよ　と。そこで翁は、低耳の句をもう一段直し、**「蚤の家や戸板を敷きて夕涼み」**としたのです。戸は　家　をも指します。ちょっとまぎらわしいが戸板とした方が、具体的でもあり、更に佳くなりました。

翁の手直しは、細かい配慮で、最高ですね。それにしてもなお、「蚤の家や」は、「世間と違って蚤たちは」と、他人の生活の写生のようにも取られなくもありません。しかし「蚤の家や」は、その写生を通して、我家の、「野」の俳諧の仕方はそうあるべきとの自戒、弟子たちへの教えと読まねばならないのです。そしてそのまま「戸板を敷きて」と続けました。具体的に叙したのです。（理屈が勝って、やや苦しい表現ではあります。この句、ちょっと宵流ではありませんが……。又「古池や」の句の正反対の位置の句ですよ。）

さらに上五の「象潟や」「汐越や」と三句も土地名の並べは、紀行文章構成上、嫌いましょう**（一考）**。三句も並べれば、読む者は自ずから好悪を考えますが、紀行文中の発句並びで、それはいけません。趣向替えしなければ。そして紀行文中、前二句が「象潟や」に並べてであれば、低耳の句が秀句で、かつ象潟なる地名を織り込まずとも其処だと解ります**（二考）**。そして酒田を含めこの先々、低耳弥三郎は、ここら商売上、毎年か来訪し知己も多いらしく、芭蕉さん一行の宿など、先回りの文で案内斡旋していることは、曾良の書付にしばしば見え、その恩を翁は感じ入りもし、また弥三郎の人格の善さ（蚤の素朴にも似？）も好感し、どうしても一句入れてやりたかったのでしょう。長大な紀行『奥の細道』内では、**曾良以外の第三者は誰も入集ないのに、低耳のこの一句だけ、最高の句に仕立てて入れた**のでした。最高の恩情返しです（第三考）。

最後のことは余分で世辞でしょうが、ただの世辞ではありません。低耳案からの教えを特段に奨したのです（後述）。ともかく、低耳を特段に取り上げました。低耳の素案から「蚤の家や」が浮かび上がったこと。象潟の漁村家々の実景、己らも涼みを気持ちだけでも相伴させて貰い嬉しかった。実景と己らをも容れたい気持の両方を戴いた。この感情、感動は大きいことでした。そこで芭蕉さんは**（低耳＋己）の句として入集した**く、**「家」**を持って来た。「家」「俳諧の家」「蕉風の家」が常に念頭しているのです。しかもその涼みの方法は、蚤の家は戸板を敷いて涼む。誠の家は、雨風明りを防ぐ戸板を剥がしてもくれて敷いた（大事な戸板（重きこと）を無防備にも剥がし敷き持て成した）。そのことを、俳諧の仕方、風（ふう）に準えて示した。**これが軽みぞと**。「家の風（ふう）」

のこと、その実直な在り方（蚤〜涼し）を思いもかけず弥三郎低耳に教えて貰った。これが低耳の句の入集の根本であったと勘考します**（第四考）**。ここらは、かの那須野の「かさね」の少女の意図せぬ**教え**に、芭蕉さん、**悟り**の震えが来たのと同工異曲です。涼みの家、軽みの風、それが望みでもあったのです。深みが増し、句が断然光って嬉しかった。更に低耳の紹介に**「美濃の商人」**と**わざわざ注**しました。これは暗に「美濃の歌商人木因」に当て付け、同じ美濃の商人ながら、こんな実・誠の佳句を詠む者がいるぞということをいいたかったのでしょうか（宵独案。後述関連）。蚤の家、善き人柄（具体の実）、涼みの俳諧、軽みの俳諧の象徴を提示と為した と**（第五考）**。

●回り道になるかどうか、美濃の商人宮部弥三郎低耳のこと。（先著『芭蕉さんの俳諧』「弥三郎のこと」ご参照）。低耳なる俳号は芭蕉さんが与えたものではありません。もと歌や俳諧に嗜んでいました。そして岡崎蕉門とも交流があったらしい。次の二句が残っています。商人であればあちこち縁が出来るのです。何を売るかが問題です。誠の野の俳諧家は、荻ならぬ萩を、笠に売らねばなりません。

余寒　艸の芽の一息休む寒さ哉　　低耳（松浦胡叟『かぶと集』）

としの市手柄ばなしも半ばかな（魯九『春鏖集』）

支考の『笈日記』は五句収録。他に一句＊あり。

山ひとつ拾ふた風のかすみ哉
立ながら乗物かきや雛の膝
蚤の子に髪抜かせけり五月雨　（象潟の句か？）
朝かほを又見なをせば哀れなり
なを聞てまた見直や草の花
若水にあらはふところ去年の顔　＊（野田醒石『岐陽雅人伝』）

また『住吉社奉納千首和歌』に弥三郎信承。寄帆恋　麓集の歌題で二首。

まほならでうきたる人にしらせはや　もろこし舟も湊ありとは
里とおみ峯に降つむ雪にいま　ふもとのましはかりてたくらし

芭蕉さん、その弥三郎なる名や低耳の号に実直な印象があった（先著）。殊に低耳は、聴耳（ちょうじ・ていじ）の連想を生んだのであろう（宵）。徹底的に添削してみせた。

聞耳受聲也　聴耳待聲也　聴：こちらから進んで耳を寄せ注意してきく。（『字源』）

（＝**耳提面命**）＊（『詩』「大雅」「蕩之什」「抑」）＊耳を引っ張ってでも徹底して教える。

匪手攜之　言示之事　（手をもて之を攜（ひ）くに匪（あら）ず　言（こ）れ之（ここ）に事を示す

匪面命之　言提其耳　面（まのあた）り之に命ずるのみに匪（あら）ず　言（こ）れ其の耳に提（てい）す）

（『賦百人一首（詞）百韻「我が庵は」の巻』俳諧文芸考究会の会での実践参照）

●かつて（宵）、芭蕉さん風三遷、もし長生きしていたら、「軽み」の次は何だろうかを問い、仮説として**「涼し」**を掲げたことがあります。ここで奇しくもそれは、晩年、理想の風　の主張であったと思うのです。このころ、涼し　の句多し。（検証）

あつみ山や吹浦かけて夕涼み　翁　（酒田）
汐越や鶴脛ぬれて海涼し　翁　（象潟）
蜑の家や戸板を敷きて夕涼み　**低耳**　（同）
夕晴や桜に涼む浪の花　翁　（同）（「曾良俳諧書留」）

また旅は次の地で

秋涼し手ごとにむけや瓜茄子　翁　（金沢）

瓜茄子の句についていえば、軽み　を為したのでしょう。もう皆に　重みの句の主張を敢えてせずともよかろう、手ごとに、皆々勝手に、句作りすればいい瓜茄子（素なる実存）さへ心掛ければというのではないでしょうか。そうすれば、胸の悼みも剝がれて涼しい境地になる　と。確かに、「旅」の後は余り、家家と唱えなくなったように思えます。しかしこの頃は、芭蕉さん、世間対峙と己れ修行の苦しみの頂点だったのです。「涼し」の句は後日他にもあります。「**すずしさの指圖にみゆる住居哉**」（野水隠居支度折ふし　元禄七年）など。「冬の日」以来、野水とは没交渉かと疑いましたが、あったのですねえ。この住居（すまい）が、実の建築でなく、俳諧のことを称したのなら、野水のその後の活動と見たいのですが。。。

●句の直し、何程でもないとするか、否、こうしてみると**翁の直しはもの凄い**ことが判ります。翁の句作上の**「細み」の苦心**がよく分かります。この「細み」こそ、詩句にとっては、生命、味なのです。粗く（荒く）ては駄目。自身の句も低耳の句も、実に佳い句になりました。ちょっと慰みに字句を修正する程度ではなかったのです。誰の句でも渾身の心配りで、**（まこと（真、実、誠）＋或る効果）の文芸（誠）＝（家の俳諧）を求めている**のです。創造また鑑賞の極意でもある。**（実を貴びつつ、猛きならず細みを）**というところ、翁の常に心するところなのでしょう。こういうところが芭蕉さんの凄いところなのです。

なおのち、支考は実と虚について次のようように云いました。

虚（文芸）は実をもてつくろふべく、実は虚をもってほどくべければ

（東華坊〈支考〉『俳諧十論』）

虚に居て実をおこなふべし　翁の言として　（同　　白馬の法　第一義）

この大事な二言こそは、我ら俳徒が、いや人間として、誰しも常に心して臨まねばならないことです。ここら象潟の各員の句の直しの考え方やそのプロセスは、実にこの二言の実際であったのです。

●さて、素敵な低耳句を離れ、**曾良句＊「象潟や料理何くふ神祭」**の「**神祭**」のことも、たっぷり申しましょう。『**曾良の書留**（**旅日記**）』に次を云います。（＊『書留』になし）

十七日　…蚶満寺…帰テ所ノ祭渡ル。過テ、熊野権現ノ社ヘ行、躍等ヲ見。夕飯過テ、潟ヘ船ニテ出。…今野又左衛門入来。象潟縁起等ノ絶タルヲ嘆く。翁諾ス。

まず**眼点**、実は象潟の地名の意義です。象潟は**象きさ**（**蚶**：赤貝　二枚貝）の**潟**（入江、干満ある浅海地）でした。古くは**蚶方**と書いて「きさかた」と。このことが、眼点依拠のことなのです。

そして、**象潟の神祭**のこと。この地に神社は数社あり、何れの社か。芭蕉さんらの訪れた時期は（旧暦六月十六～十八日）。土地の**筑紫神社**（大宰府天満宮）は福岡の粥祭など寒い時期で二月三月ですが、秋田では八月の祭も。或いは熊野神社の夏祭（八月中句）か。（現在はここら近所神社合同で五月第三土曜日を祭礼とするも、当時はそれぞれ各社別。で、いつだったか）。

しかも曾良句の上五、「象潟や」の **や** ですが、何故「や」なのだろう。何を感心して、詠嘆？切字 を用いたのか、この **や** は、詠嘆というより、「象潟では」の遣い方の**強調**なのではないか。そう、どうしても曾良の句、「象潟や」とせねばならない、**「象潟」を消してはいけない理由があった**のです。土地名の（**蚶キサ**の潟）に関与するのです。神へのお供えは「神饌」、米、酒、餅、魚、野菜、果物（菓子）、塩、水などで、直会にはその御下がりを頂く。ちょっと気張った魚や野菜の料理でしょうが、こうしたことはどこでも在り来たりで珍しくもないこと。わざわざ曾良が、**「何喰う」**というほどの「何か」が問題なのでしょうか。何喰ったとていいじゃないか と（**まず、一考**）。

また下五の「神祭」、普通は「祭」でいいところ、「神」とわざわざ足し、変な印象をさせます。結びに置くのも強調だ。上五と下五は何か示唆したいときに心得します。これらは、何かの暗示ではないか とみます（**二考**）。

さて他の神、渡った祭とはもしかしたら、**才（さい、さえ）の神、社**だったか（**三考**）。その神は村の入口や道端に立つ**道祖神**ですが、男根を祭り、子育て・家内安全なども願い、祭は素朴な村民で賑わい、それは **秘す** というなら、曾良の「何喰う」の語も合致するではありませんか。その「何」が人身（乙女）御供なら、**恋を隠す**。実際その日に当った祭は熊野社か筑紫社かもしれないとしても、村人との会話の中で、

「お客人、他にもいろいろ神社がありまして…面白いのは、才の神のお社です」

とか、その縁起などを耳にした曾良が、それを芭蕉さんに告げたことでしょう。芭蕉さん、例のエロス心を刺激され、さっそく句作りし、情報をもたらした曾良に功として、句に曾良を**名配**し入れた。わざとらしい下五（神祭）、それは、そこに注目させる暗示の技だったとみます。でなければ、こんな下手な句?を『奥の細道』に入集する筈がない。曾良に素案（書留）もありませんでした。

実は、此処酒田象潟に来る前、出羽三山の羽黒山奥に**湯殿山**あり、そこでも芭蕉さんは**「語られぬ湯殿にぬらす袂かな」**の秘句を詠んで、芭蕉さん**エロス**振りを発揮しました。奇しくも象潟で**「象潟・西施がねぶの花」**と、最高に綺麗な句を詠みました。（如何にも美女西施と合歓したかの恋句）。しかし、神ながら下世話な方を曾良が受け持ったとすれば面白い。**蚶きさ（二枚貝）の潟。渚にいっぱい蚶**（きさ）が落ちている。寺に蚶満寺もある。行った。二人とも面白がったのではないでしょうか。曾良も有難く頂きました。ヒントを句の端々に残し、**どうしても蚶のことは逃す訳にはいきません**。こうしたストーリーを考えるのは、とても愉快ですね。芭蕉さん、自句を曾良吟に勝手に

名配して面白がりました。

（なお、「ねむの花」は合歓と当てます。伴に愛し伴に添寝するのです。ここ象潟には、今、合歓の丘があり、そこに、所の神（オの神）が祀られています）。

☆　芭蕉さんが面白がったので、私たちも一服、精魂込めて面白がりましょう。

俳諧は、座にいる人、後でも読み解く人のみが、理解し滑稽を感じ、先へ和して進められるもの。この曾良の「神祭」の句、**「象潟や料理何くふ神祭」**に、付句をするなら、あなたはどんな句案を持って来ますか。遊んでみなはれ。この稿を読む前と後では、全く違おう。くだりは、神祇ではない、**恋**なのですよ。芭蕉さんは、しかも下世話な恋。あなたが神祇の筋に付けるかどうか見ていますぞ。で、

干し菜も混ぜて蚶（きさ）の味噌汁　辺りなら、まずまず合格か。
（干し菜の絡む…）　では云い過ぎ？　では
（干し菜も刻み…）　は上手いが、当に剽窃
では

干し菜とんとん蚶（きさ）の味噌汁　ならどう？

軽く弾んで新鮮な感じもしましょう。うん、これがいい。

芭蕉さんのエロス志向のことは先著にも追及しましたが、本講で取り上げ論じた『冬の日』追加にも、謎句「**銀に蛤かはん月は海**」と**芭蕉さん二枚貝**の吟があったのでした。

（七）

芭蕉さん　句の手直しのこと（山中編）

『奥の細道』はその後、越中～北陸道を旅し、加賀山中温泉にて「山中三吟」、世に「やまなかしう　翁直しの一巻」とも呼ばれるものが、吟者の一人（北枝）のメモで残っており、翁の手直しが見られます。でもその直しは、世間一般の校合ないし目の付け所の修正とは、全く違ったものでした。それは座の特殊なこともありました。故に、それら一切が、句の案じ方や修正の仕方の手本になるかは別のことです。その状況とは次のようであったのです。（以下は既説ありません。すべて（宵）の独断です）

●同行二人だった曾良と芭蕉さん、旅の前半はまずまず良けれ、後半は何かと意に添わぬ旅だったらしいですね。それが越路にて（市振あたりから）、遂に修復出来ぬ別れとなったと見なければならぬ。もう直ぐ終着の近き迄来ての、何か用事があるにせよ、別れの理由を略す必然はないこと。つまりそれは、書き残したくない何か覚悟の別れ、恐らくそれは師弟の別れ、師からいえば勘当といったものではないか。そう推察せざるを得ないような出来事と筆致なのです。ともかく、芭蕉さんは機嫌を相当悪くした、していたと。寺泊から佐渡を空しく眺める頃は、絶望感と寂寞に襲われて来た挙句のこと、非常に感情的になっていたらしい（後述参照＊）傷ついた心の癒しを山中の温泉で、と寄ったのですが、結果は更に酷い事態になりました。

芭蕉さんの立腹の原因は多分、曾良の企画の旅中の（曾良の私用）の強引さが度々あったのではないでしょうか。その私用とは、半ば芭蕉さん容認の（曾良の帯びていた公用）、つまり（先書で推理したのは）行脚の地方々々での、水田開発や藩の産業開拓などの、事情調べ（隠密）のことでしょう。曾良は神職に関係し、事務や企画力もあり、行く末々の寺社に関する心得や旅先地方有力者への、恐らく出仕する三重の長島藩などの上位者からの伝手もあった。つまり旅の工作は芭蕉さん独りの考えや行動で成り立つものではないし、膨大な旅費の捻出（今の時代物価からの推定では何百万円？とか）も杉風から譲られていた粗末な深川の庵の売却だけで賄えるものではなく、それらから受ける恩の返しには、当然反対給付の約束があって、それは三重長島藩が必要とする「地方他藩の情報蒐集」ではなかったかと推量します。諸藩の新田の開発、産業の開発状況、民の裕福、困窮度などでしょう（先著）。

しかしその蒐集には、旅先の地では実際時間を掛け、足と耳と頭で観察調査せねばならないことです。それを「密かな公用」とすれば、もともと芭蕉さんの旅同行の案、自分を心酔する弟子の美濃の路通とだったのを、実務能力のことから、曾良に代えたのでした。であれば、そこには芭蕉さんもその「公用」は暗黙の了解があり、いや蔭の多大な援助（旅銀）の上にその旅は成り立っていた訳だし、貧乏で実務無能力の芭蕉さんもそれを頼ってのこと、もし乞食坊主の路通との損得なしの心のままの「同行二人」旅だったら、貧窮よろよろで、旅の行程の完遂は覚束なく、数日で挫折したことでしょう。

ま、であれば、自らは直接には関与しないとしても、暗黙の公用として、各地の滞在と曾良の別行動（の空白）が基礎にあったのであり、芭蕉さんは、常にその場その時に、所在なさを我慢するべきことでしたが、それが余り酷く度重なれば、文芸上の旅を主とする芭蕉さんの我慢の緒も切れる訳でした。事実、そうした煩瑣な隠密的行動を曾良がしたのか？『奥の細道』のところどころで**意味不明の長逗留**があり、時々曾良の行動の消える場合がありました。芭蕉さんの記事の割愛・曖昧、辻褄合わせも、限界があり、ここら、だんだん『奥の細道』の苦悩の高まりとなっていったのだと思います。

ここで紀行文の順序として、越後路、親知らず子知らずの難所、**市振**のことを申さねばなりませんし、皆さまが大好きなあの恋句、

一つ家に遊女もねたり萩と月

を素通りするわけにはいきません。しかし芭蕉さん、佐渡の呻吟のあと、しれっとこんな素敵な恋句？を素直に出すでしょうか。『曾良書留』には何の記録もありません。本稿も、解明するに、態と先へ急ぎます。

●その情況を前提に、『山中三吟・解説メモ（やまなかしう）』の脇以下の記録は、次のように翁の毎句の手直しがありました。かの尾張での『冬の日』を彷彿させます。であれば、北枝案出の発句とて直しがあったかとも見えましょうが、実のことは分りません。それはさて置き、発句は難解ですが、脇以降は割合に読み解けます。

（原句）　　　　　　　　　　　　（翁直しの記事『北枝書留』）

1　馬借りて燕追ひゆく別れかな　　北枝　　但し太字や傍線はない）

2　花野に高き岩のまがりめ　　曾良　　みだるゝ山　と直し玉ふ

3　月はるゝ角力に袴踏ぬぎて　　翁　　月よし　と案じかへ玉ふ

4　鞘ばしりしを友のとめけり　　枝　　ともの字おもしとてやがてと直る

5　青淵に獺の飛こむ水の音　　良　　二三疋と直し玉ひ暫くありて

もとの青淵しかるべし　と有し

6　柴かりこかす峯のささ道　　翁　　たどるとも、かよふとも案じ玉ひ

しが　**こかす**にきハまる

柴かりこかすのうつり　上五文字

霰降ると有るべしと仰せらりき

遊女と直し玉ふ

ウ1　松ふかきひだりの山は菅の寺　　枝

ウ2　役者四五人田舎わたらひ　　良

この直しは、その連句的思考の筋で、いきさつや芭蕉さんの曾良への考えがよく解ります。花野、みだれ、松、霰、青淵、うそ、角力、袴、脱ぎ捨て　鞘走り　友（曾良に対する北枝か）の消し、柴かり、こかす、笹みち　ひだり、菅（粗末な草、素気無い）の寺（死者を祀る）などの辞は、悉く暗喩する詞でした。としても巻にはどう捌くか、文芸のことです。

芭蕉さん執念の直しは、二句目「**花野に高き**」を「**花野みだるゝ**」とし、三句目「**月はるゝ**」（自然に直った）を、それ曾良が期待することではない、まだ許してないぞとしつつ、芭蕉さんの判断で雲を晴らすこととし、その後に、「**月よし**」と、意中の確執の袴を脱ぎ棄てて、角力の場面と繕った。殊に四句目「鞘ばしりしを**友のとめけり**」を、友（北枝を指すか）の字重しとして、芭蕉さんは「やがて」と具体を避けた。芭蕉さんは弟子曾良のことを怒っていたとするも、実としては、友を北枝として、それが曾良へ芭蕉さん怒りの勘当直前（刀抜き**鞘走り**）を止めた？などというのは事実でなく、烏許

がましく、芭蕉さん自身が堪えた挙句のことだった筈。それで「**やがて**」と、穏やかにぼやかし直したのでしょうし、

ウー　北枝の強い暗示案の「**松ふかき**」の松を、（松尾）芭蕉さんとすることや同行二人の確執～別離の筋は如実だが、すげなく死ぬべき寺をちらつかせた、などまでは嫌って、「**霰降る**」に直したのだろうし、ウ2では　田舎わたらいの役者を、わざわざ遊女と直した。役者は役者でまた虚実を演ずる者だが、節操なき?遊女とはいささか異なると。曾良に、お前さんは俺と別れ遊女（俳諧無節操）になるのかと詰ったのだろう?と。遊女は鷺でもあり燕でもあります。正にこれ重み俳諧の主張です。

（先著『芭蕉さんの俳諧』、『獅子吼』誌平成六年二月～六月参照）

●巻の後半過ぎ、曾良は退出しました。（座で別れた?宿の玄関まで見送った?）何故曾良は、己の送別歌仙意義の、36行を終えずに、途中退出した、しなければならなかったのか。急ぐ必然がない証拠に、以後の北陸道の最後の行程を全く急がず、それ敦賀までその後を追う師とは、たった一日だけの先行でゆっくり歩いています。相互に或いは**誰かと連絡を取り合いつつ**だったのでしょう。両者**不思議**な行動です。巻も、ホントに変ですね。**大垣へいつか発信した返事?を敦賀など宿々で待っていたのではなかろうか**。ここはかつての『野ざらし紀行』の最後の尾張の『冬の日』の座まで、伊勢でぐ

ずぐずして（時間稼ぎをし？連絡待ちをしていた？）のに似ています。

紀行文は続いて、隠さず次の記事と句をわざわざ残します。曾良は先行の宿で、（反省しました。やはり蕉風　萩の俳諧を恋う）と哀願しているような書置きし、芭蕉さんは芭蕉さんで怒りのことは触れず、さも労わるように、次のような悲しみ恨みを「紀行文」に書き連ねました。途方に暮れるとも。

行き〳〵てたふれ伏すとも萩の原　　曾良

と書置たり。行くもの丶悲しみ、残るもの丶うらみ。

隻鳧のわかれて　雲にまよふがごとし。余も又

今日よりや書付消さん笠の露

「悲しみ」は解りますが、「恨み」とは？曾良の腹痛の故で先立たせたこと？　己は何の理由か（記さぬ）居残りを強いられた？　恨み？　違うな。しかも残り数日の別れなのに、笠の「同行二人」の文字をわざわざ消さねばならない（同行二人の破れ）ごとなのでしょうか。何故？　また何故それをわざわざ文に記入したのでしょう。大げさです。許したり許さなかったり。芭蕉さんは正直です。（この「恨み」は「悲しみ」と同じ、別の謂い方をしたのでしょう。深い意味はなかったか。単に独り旅になることではなく、

やはり弟子の曾良を失ったことでしょう)

●越路、少し戻りますが、市振での句

一つ家に遊女もねたり萩と月

を、一般には嬉しい恋句と見ましょう。表向きにはそう。しかし遊女でも道中は旅人、宿屋に泊るのは当たり前。他の客も泊り合せにもなりますよ。そうです、これは「一つ家」「遊女」なる芭蕉さんの言葉の裏=本意を、忘れてはいけません。「**一つ家**」とは我が俳諧の家(出立つ前の「**草の戸**」と同じ、前章の「**鵜舟の舟**」と同じ)なのですよ。しかも厳しい、独特の。

遊女とは、本来浮気者。誰にも主とて愛の誠の嘘をつく職業です。で本気に蕉風をせぬ不埒者と思い当たれば、この句は、この頃、曾良の何らかの言動に芭蕉さんは腹を立て、曾良に当たり散らしているのですよ。え?驚きましたか?折角綺麗な恋句なのに…ゴメンナサイ。いやこの句、表は恋に借りて本意は曾良への叱り、皮肉の句なのですよ。蕉風寄与の弟子と育み囲っていたが誠じゃなかったのかと。(裏の表の解釈です。そのまた裏は二人の芝居でした。)その市振という地名、また含蓄があるのですね。市にて、萩か荻かの笠を振り売りする　と穿って読めば、遊女は荻の笠を振るのです。

しかしこうした曾良勘当話を建てること、(翁が不快だったのが事実としても)翁は生来温厚ですし、生涯決定的な決別ではありませんでした(後述)。なぜならここから旅を先行し、大垣への連絡役を演じさせたのです。

●その頃、旅に特有の事情が発生していました(既述)。それは同行二人であった曾良との、明らかにはされない或る確執が起き、弟子として許され得ない言動があったのか(句に残ることをいえば、市振の遊女句のみ)、それ相互に心痛し、曾良に至っては、旅中たびたび腹痛を訴えた記事(旅前半の笠島かららしい)があります。腹痛は虚や実や、実としても全くの重症ではなかったかと思えます。芭蕉さんも旅中、暑湿に悩まされ、疲労の記事もある。それら難渋のことは、曾良との確執に悩んだことを、逸れさせ薄める記事とも考えられるのです。供の者が病めば、普通は人情としてその地で旅を止め、躰を休ませ、医薬施療を頼むだろう。しかし旅は続けられ、道中、薬の服用も特にしなかったらしい。であれば軽症ということか。曾良は山中温泉以降、翁との二人旅を辞し、先行して大垣経由し、津の長島に戻り、そこで藩医に診察させ初めて薬を飲んだような記録があります。しかし先行したのは、薬を早く求める為のことではなかったと見ます。(そこらは「越中富山の薬売り」の地、当時も有力ではなかったかな)。加賀山中温泉まで来て、残りの旅程は僅かなのに、曾良は何かの所用との理由で「同行二人」

を解き、先立ったと。これは全く不思議な事柄でありました。真相に裏あり？

読み解きますに、**曾良の先行**は、大垣の旦那（元蕉風に感化、それ『冬の日』斡旋者の僚友）木因を始め、慕ってくれる知己多い**大垣蕉門の連衆へ**、旅の終焉で間もなく翁が到着することの**連絡の先触れ**の為であろう　と。でも何故、そういう先触れがわざわざ要ったのでしょう。不思議ですね。まさか歓迎の用意せよ　との促しでもありますまい。或いは大垣に至ることに**何か危惧**があったか。そうなのです。実は大垣の主たるかつての僚友**木因**とは、以前から何らかの**軋轢で疎遠**していたらしい節があります。それで恐る恐るの斥候を出したのかと推量するのです。そのことは後述します。

●それはともかく、ここでの「山中三吟（曾良見送り）」の歌仙行は、曾良への当て付けのような酷いものでありました。その座は、北枝がせがんで？拵えたのだろうと思われるものの、そういう趣旨を詠み込むに、その座の発句は、主たる芭蕉さんでなく北枝が発したのです。いや北枝にさせたのか。これも異常なことでした。その句、

馬借りて燕追ひゆく別れかな　　北枝

一見平易な送別の句のようでした。燕が去ろうとする秋。それを追うのに馬、当時最も早い方法は馬に乗り駈けること、全体は馬も秋燕も、速さを種に、そそくさと先を急ぎ行く姿で、一見問題もなさそうです。従来一般の解説は殆どそこまでです。が、**疑問**が

残りますよ。その説明では核心を突いていません。馬や燕とは、曾良など人の上をいうのでしょうが、ならばここも旅出立の吟「魚鳥」の不明に似て、「馬燕」とは誰々をいう？　考えれば考えるほど混乱が起こるのです。細かく見てみましょう。

①　昔の俳諧、季語が要るとて、秋ゆえの巻*、秋燕の季語を念頭に、ただ「燕」の語を持ってきただけのことなのか。いや、燕に何か意味・訳があるのだろうか。（ありそうに思えないが）。また、巻の事情をうべなう秋発句、脇の花野、第三の月で秋三句。しかしここら三句の季語はどれも全く季感はありません。

②　**馬を借りる（た）**というのは、誰が借り乗って行ったのか？　それは、「曾良が馬で急ぎ出立する」のを云ったのだろうか。

③　曾良が馬に乗り山中から発ったとして、その先を先導するが如くに実の鳥、燕が先を飛び行き？　それを曾良が馬で追い駆ける実景なのか。のんびりの旅、何の俄かに急ぐことが起きたのか。燕は虚か。

④　いや曾良を燕に擬したとして、北枝（発句者）が馬で追い駆けるのか。そうなら何故北枝が馬で追い駆けるのか。別離の吟でこういう作りは、去る人を慕っての意味が普通である。では北枝や芭蕉さんが曾良を慕ったのか？（表向き？）

⑤　「馬に乗り」なら普通だが、**馬借りて**というのはどういうことか。宿の馬を借

りてということなのか？　他に何か意味するのか。可笑しな表現だ。句が可笑しな印象を与える場合、何かしら裏に示唆することを隠しているのである。ここは多分、いや、そうとしか考えられない筋は、「馬」は先述以来のことで「俳諧」を指すとしてみればどうなのか。そして句の意味を晦渋したに違いない。そうとしても単純に「俳諧の伝授を受ける、受けた」という筋のことなら、その「馬」は、真の俳諧とか芭蕉さん大人とかを指し、「燕」は「燕雀焉んぞ鴻鵠の志を知らんや」のいう小物（の鳥）とかになろうか。その小物の燕が、旧来俳諧のことなどとすれば、曾良が旅中で何時しかそれを望み出した（＝蕉風離脱の意向を示した）のだろうか。だから芭蕉さんと確執して燕が逃げ出そうとしたのか、それを北枝が戻さんとて、馬で追い駆けたのだろうか。なおこの燕は、えん（縁）の意味でもあるとすれば、縁を追い駆ける＝慕うことにもなるが。。。

⑥　逆に、馬で、素早く燕を駆逐する（＝慕わないで、追い立てる）というのか。つまり喧嘩別れとか勘当とか。よさそうな解釈だが、それでもすっきりとはしない。

⑦　まさか北枝が、ここ山中で弟子入りした芭蕉さんを「俄か師兄」とし（経緯からそこまではいいが）、その傾倒（翁も認めた？まさか）の**威を借って**、燕：旧弟子の曾良を追い出した、追い打ちをかけた、というのか。北枝と曾良に、そこ迄

もはさすがなかろう（そうなのか？）。そうなら俄か思い上がりも甚だしいが。

⑧　或いは、メモの再現を活字にする際し、もしかして「馬馳せて」「馬駆って」「馬駆りて」などの誤字ではないか　とさえも考える。

ここまで考えても、句だけからの演繹では発句の真意は摑めません。以下は（宵）の連句的発想からの考えですが、こういう場合は多分、最も納得する解に近い背景**（詞付の）**と思量しますので、敢えてお話しておきます。

●かつて中国の王朝に「前漢」があり、成帝の頃、一介の妓女が妃にまで登り詰めた、名は**超飛燕**という絶世の美女が居りました。しかし帝が崩御すると、王莽（おうもう。成帝時に大司馬の実力者、のち簒奪し新朝の帝となった）の横暴により、追われて死にます。王莽の「**莽**もう」は字義（草深い）だが、「奔走」の「**奔**」に**似**、その「奔」は勢いをいい、「奔馬」は勢いよく走る馬をいう。つまり**（王莽～飛燕～奔馬）**のセット。こうした伝記や字の類似からの連想が下敷きになったのではないか。そうした案じは、詩人や連句人にはよくある案じの裏側・仕方**（＝詞付）**です。

（奔は大と卉。卉はキ、ケ、（草）、音（おと）を表し、噴き出す意もある。卉は賁（ふん）の略。賁は大きい、憤怒する、破れる意。これより奔（ふん）は人が勢いよく走る、逃げる（奔走、奔放、奔馳など）また（速い、突き当たる）など）

中国の史書は皆よく知っていました。（王昭君、楊貴妃、貂蟬、西施ら四大美女）や、それに「玉肥**燕**瘦」の囃し（楊貴妃（幼名玉環）や飛燕）など庶民も知らない者はいません。現に芭蕉さん、松島と象潟でその美を洞庭湖や西湖に準え、「松島は笑うが如く象潟は恨むが如し」と描写し、松島では吟はなかったけれど、恐らく我国にも縁の深かった楊貴妃（玉環）を思い浮かべて居たでしょうし、象潟では「雨に西施がねぶの花」と吟じました。（尾張では、貂蟬の晦渋で朝鮮と詠わしたり？）。それらは道中や宿の退屈凌ぎ話だったでしょう。ともかく飛燕は最後には王莽に追い落とされました。別にまた『詩経』『邶風』に小詩「燕燕」があります。

燕燕于飛　差池其羽　之子于帰　遠送于野　瞻望弗及　泣涕如雨

これは或る妾が、他の妾にいじめられ故郷に追われるのを、野に遠く正妻が見送る歌なのです。この山中の段の解けぬ謎を暗示するような歌ですね。（また『説文』に驌という拵字があり、こちらは意味不明です。何かと馬と燕は縁がある？のですね）

●結局、この馬は例の「俳諧」の代語であり、「馬借りて」は「俳諧の巻」の文辞上のこととして勘当の形をとりますよ、そういう筋書きの劇としますよ、そうして追いやりますよ、そう辻褄を「奥の細道」の紀行文の綾を拵えますよ　という発句と考えたい。

大事なので繰り返します。馬＝俳諧と考え（虚）れば、「馬借りて」とは 「俳諧の様、巻を借りて」ということ。或る目的・趣旨の為に、俳諧を行って、というのです。素直に別れる曾良を見送って送別の俳諧を巻いたというなら疑問も湧きません。俳諧（の行い＝紀行文の舞台の立ち回り）として、つまり俳諧の文芸なら或るを隠せるので晦渋しました、というのです。**何を隠そうとした**のでしょう？

以下は（宵）の独断ですが、

1 紀行文『奥の細道』を、連句の運びのようにしたかった。つまり、いろいろなバラエティ（恋や怒りや失敗談また人生論やら人の噂）など実際を、ドラマティックに織り込みたかった。この場面はいわば、（確執・勘当）です。もともと原文ないし翁自身のメモは、そういう類いのことが多くあったのではないでしょうか。

2 紀行文は元禄二年に旅から戻って、四、五年間も温めたものが、翁の死後世に出たのです。推敲に推敲を重ねたものです。書いては消し、付け加えては書き直したものです。その裡にすんなり筋や言葉遣いの論理が全くでないところも出てきましょう。それらは一々論うことはすべきでもありませんが、こういう重要な場面の晦渋であれば、その誠を明かさねばなりません。

3 曾良の腹痛や確執ないし勘当など、全く無のことでなくとも、少なくとも幾分かの実があったと思えます。あからさまに、（大垣へ先行させた、何故なら）というのは、下世話過ぎて、「紀行文」には書くべくもなしです。（後述）。

ですから、そのことを隠しつつ、しかも追いやったという筋を、俳諧の句の連ねで表現した、というのではないでしょうか。これ「一の舟に二子は乗れず」（『詩経』「邶風」二子乗舟）といいます（余談ですが、皆さんお好きな明治の樋口一葉の名、「一葉舟士」の考えの裏にこれもあるかかと）。虚の筋（舞台上）の連句。**だから難しくなったのです。**すっきり意を通せなかったのでしょう。しかし前にもお話しましたが、文芸で晦渋するのは、文芸だからこそ許されるのです。いや積極的に用いられることなのです。そこに隠された真実があるという。虚の中で実を為すと。

こうした事情から、ともかく芭蕉さんは、別れの歌仙を巻くとしても、**発句主たることは避けました。**右の事情が真であれば、発句主を北枝に任せても、つまり巻の意義・事情を発句が為したことになります。問題はその後始末です。それを継ぐ六句で、必死に翁はしたのです。それがメモに残ったのです。当然、曾良の『俳諧書留』には一切の記録はありません。「山中三吟」は北枝の粗いメモ（省略も多々あり）ですから、どこまで信用出来るか解らない。殊に発句の手直しは、為されたとしても、さすがに記さないでしょう。兎も角、発句の真意・解釈は（舞台を秘とする）ので、却ってやはり芭蕉さんの句ないし相当の手直し句であったろうと推量出来ます。

●翌元禄三年、加賀の句空宛に芭蕉さんは書簡しました。この俳諧を入れて刊行する予定の集について、集名の案「卯辰山」の山の字重し、「卯辰集」とすべき、とアドヴァイスし、またこの巻を入れることに不服を漏らしています。社交家の翁にして、珍しく激しく無念の非難をしているのでした。写します。

巻尤も俳諧くるしからず候へ共
一體今の存念にたがふ事、残念…
和歌三神　其の一分はかかはり不
申候間　其儘指置き候……
三年昔の風雅只今出し候半は
跡矢を射るごとくなる無念而已…

巻そのものの俳諧芸の出来は　不味で
　はないが　当時為したこと＝意図も
作り方も今の考えと違うので残念…
（曾良を許しているの意も含むか☆）
ただ文芸のことゆえ　是非云々の上か
　らの取消などはせず　当時の誠とし
其のままにして置くが　三年昔の其場
　其時の俳諧を　今更公に出すなど
と考えることは　（私の方針（人生観）
　と違うので☆）
それは跡矢を射るような不様なことで

実に無念だ＊＊

明けて四年正月　当の北枝宛にも、敢えて諭している。

…貴様集のこと不埒成様に御おもひ候半と気の毒に存じ候　心緒　句空僧まで申達し候間　御内談可被成候。

…貴殿の集刊行企画のことを私が非難しているように聞かれては　気の毒には思うが私の云わんとすることの真実内実は句空僧にもう述べてあるので**僧**と二人でよく真意を相談されよ

しかし北枝らは翁の意向を無視し、この「やまなかしう（『山中三吟』の解説付）」を入れて『卯辰集』を刊行（句仏序　元禄四年五月）したのです。師に逆らってのことでした。それだけではなく二百年後、嘉永三年（１８５０）頃に、『山中問答』なる書も北陸で出たが、それには翁の認めがあったなどと（虚）辞も伝え、「付句の作り方はこれしかない」などと強面で説いた「附方八方自他伝」なるを付属していた。そもそも連句の付け案じは、そんな一様なことではない（そんなものを翁が認める筈がない）。北枝は句作りは上手だったが、本件は翁の相当なお冠を蒙ったことでしたよ。

（また、実話や否や、多分嘘。建部涼岱著『蕉門頭陀物語』が残す逸話があります。

翁の有名な吟**「あか〱と日はつれなくも秋の風」**について、翁が北枝に「秋の山」

の案を示したところ、「山といふ字　すはり過てけしきの広からねば」と難じたので「風」に改め褒められたと。「卯辰山」の諭しの意趣返しのような話を残すのです。これもし実話ごとなら、「山」の案には別の意があったのです。景句としては「風」が優れているようでも、己のこととか己の俳道を云いたかったのではないでしょうか。風では己の立場がぼやけますね。己を云いたい芭蕉さんです。でもそのような劣った句を翁は作るでしょうか。多分、北枝筋の拵え話と思えます）。

但し、あの書簡の内容については単純ではなく、翁の俳諧・文芸に対する真摯な態度が窺えるのは貴重なことです。それ、芭蕉さんは、其の時の俳諧創作に於ける向合いは、その事情の限りに於て、真摯に為したこと、後で不都合だからと胡麻化すようなことはしない、其の時其の場で誠に生きる身上だ、いわば、武士に二言はない的なこと。誠に潔い人生観で生きて居られたのでした。こうしたこと（真情）は、従来あまり翁像の観察にはなかったので、貴重と思います。

なお、この巻が充分満足したものではない粗い作だったという思いは

…加州より状越候　集あミ候よし申来候

…予があらくしき歌仙なども一巻残置候

と当時（元禄三年）別の書簡（荷兮宛）に残っています。まだ句空や北枝に宛てる前の

書簡ゆえ、敢えてそれらへの不服の文字はありませんが。

また北枝とは全く音通不通ではなく、加賀で前年に火事に遭ったことの見舞いと火事にめげなかった発句**「焼けにけりされども花はちりすまし」**の豪胆を褒めた書簡も残ってはいますので、表面の付き合いとなったか。しかし北枝が加賀～山中で十日も纏わり付いたことは、慰めか、親切か、強情か、無作法か、無頓着か、芭蕉さんは俄か接触の北枝を弟子にしたのか一見で済まそうとしたのかはよく解りません。ただ礼儀正しければ、表面親しく当たったたでしょう。北枝のことを『山中三吟』では次のように意味深に描写しています。翁連吟でした。

２３　つぎ小袖　薫物賣の古風なり

２４　非蔵人なるひとの菊畑

この連は、両者が男色関係であったらしいことを残していますよ。菊畑はそれを意味します。ただしっくりこなかったように読めます。こうした関係のことはとても重要なこと。ここはあっさり済ませますが、**非蔵人、ひとの**　と遣っています。蔵人は、官職ながら仲介や便利に使う連中です。それを　**非**　といえば、余り便利でなかった、それは己用にはそぐわず、ひと向きの　ということでしょう。好き嫌いのとです。

そして遊女のことは、道中さきの**市振（一振）**を思い出してください。二人の遊女が縋ったのに、付いて来るなと追い払ったのです。ここです。何故二人だったか　は誰も気が付きません。それは虚文で後から推敲して入れたエピソードだからです。そして如何にも皆が好みそうな恋句に仕立て、**一家に遊女も寝たり萩と月**　と読者を眩ませました。がっかりしないでくださいよ。この句の真相は、この山中で曾良を追い北枝も追いやった二人を先取りし、遊女と晦ましたのでした。あの素敵な恋句は実は恋句でなく残酷な追放劇の予告だったのです。（信じないで下さい。甘い恋句と覚えたままの方が嬉しいですよ）。「山中三吟」の初めの方の、ウ2で「役者／遊女」の直しを思い出して下さい。役者ならいいが、遊女は駄目と。

「**一振**（こう書くと意味深ですね）」の句、下五は、**萩と月**　なのです。**月と萩**ではない。ましで**萩**ではない。遊女と一つ宿で寝たなどと勝手に喜んで思い込まないで下さい。あの句の読み方は、中七の切れは絶対で、上五中七をきっぱりと下五で（期待や誤解）を**裏切り拒否**したのです。「私とは萩月の関係でなければいけませんよ」と。厳しいのです。だから、芭蕉さんはあれ程までに、象潟の西施を恋うたのです。西施はまさしく萩でした。

一つ家　とは、芭蕉さんの「草の戸」、出入り許されるのは、萩なる友人知人弟子だけなのです。誰も気づかないように晦渋して、**俳諧道のことを諭している**のですよ。ことに愛弟子曾良に対して。だからあの虚句虚文を記し、最後に**「曾良にかたれば、書き**

とゞめ侍る」とわざわざ挿入したのです。この一文挿入の意義を誰も気が付きません。その時、曾良には語りませんし、曾良も書留ませんでしたよ、虚文ですから。でも云ったことにして、「市振であれだけ諭したのにまだ解らぬのか」と、ここ山中で、燕を追いやる馬の如く、連句の発句を仕立てたのです。馬に乗って燕を追い駆け、俳諧道で遊女を追い立てるのは、翁だったのです。ここで漸く、市振から山中の句々の意義が繋がりました。いろいろの既説を退けながら読まないと、象潟から越路のことは誤解のまま過ごします。でもこうして補綴して読み考えると、芭蕉さんの誠、俳諧道のことがよく頭にしみいります。（岩にしみいる蟬の声でした）

当該巻が、「曾良を悪者にして？追いやるという文芸上の虚構で作りましょう、面白く」という趣旨で為したことは、曾良を加えて俳諧をしていることで、長々と詮索する前に明らかなことでした。でもまだ曾良先行の謎は解明していません。

（以上で山中のことは終えます）

●句の推敲、手直しに関連し、古来有名な伝があります。大津での句。

① **辛崎の松は花より朧にて**　発句の（**にて**）留に論議ありました。

第三の常用の句末（にて）の、発句末への使用の是非などです。

この句の初案は、

②辛崎の松は小町が身の朧　　とも（伝）後述　　謡曲参照＊＊

③辛崎の松は花より朧かな　とか伝えられています。（千那『鎌倉海道』）

これらなら普通の発句で　体言留や哉留です。芭蕉さん、これではいけなかったのでしょうか。①とどう違うのでしょう。また

④辛崎や松は花より朧かな

⑤辛崎や松は花より朧にて

ではどうなんでしょう。（④⑤は問題外です×　辛崎の松と限定が重要。）

芭蕉さん弁ずるより連衆の議論盛んで、曰く「これは確かな切字がなく＝発句でない。第三だ」。尚白や伏見の一夜の俳諧の座で、酒田の呂丸も同座して、そう論難しているのです。（呂丸もそのころ熱心に京まで修行に来ていたのですね）。擁護派は其角と去来で、「にて　は　かな　と同じだが、より限定が強いだけで発句だ。但し切迫度からいえば、哉　の方で、この句は切迫度を嫌って　にて　にした発句だ」。「だから、発句でかな　を遣ってあれば、第三で、にて　は遣えない」等々。（其角『雑談集』（元禄四）、のち去来『去来抄』も）。

ご本人の芭蕉さんは、にやり聞いているだけ？で、後でぼそっと呟かれた？のは、
「一句の問答に於ては然るべし。但シ予が方寸の上に分別なし。いはゞ、さゞ波やまの、入江に駒とめてひらの高根のはなをみる哉、只眼前なるは」とか、**「角・來が辨皆理屈なり。我ハたゞ花より松の朧にて、おもしろかりしのみ」**とか。はぐらかしてです。師と弟子の格の違い、面白いですね。

但し芭蕉さんの覚えていた歌は、本当は、**上五「近江路や」**（源頼政**「新続古今集」－30**）でした。**「近江路や真野の浜辺に駒とめて比良の高嶺の花を見るかな」**。うろ覚えだったか、わざと間違えたのか。それなら芭蕉さん、例の**直したがり屋の癖**で、古歌をも直していたことになります。元歌は歴史的に、近江朝の変遷や内乱などがあり、それなりの感慨があったと思われるものの、江戸の芭蕉さんにとっては枠外の朝廷話などはむしろ邪魔で、発句的には「さざなみや*」としたかったに違いありません。まして皆が発句の論五月蝿く、それをさざ波としたのでしょう。（＊は志賀の枕詞）

古歌で「さざなみや」と出だし歌う名句は沢山あります。**さざなみや志賀の都は荒れにしを　昔ながらの山桜かな**（**薩摩守忠度**）**『千載和歌集』**。但し入集は（詠み人知らず）です。平忠度は「一の谷の戦」で戦死しました。芭蕉さんは慕ったのでしょう。（昔な

がら）は（長柄山）の山桜を懸けています。千載の美に咲く山桜を褒めているのです。『万葉集』柿本人麻呂にも、「さざなみ・楽浪」を上句に、反歌二首あります。昔人への懐古です。待つ人に逢えない悲しみを堂々歌っています。

楽浪の志賀の辛崎幸くあれど大宮人の船待ちかねつ　（一—30）

楽浪の志賀の大曲淀むとも昔の人にまたも逢はめやも　（一—31）（おほわだ）

源頼政は保元平治の乱に後白河院側に従い武勲を上げ平清盛の下従三位まで昇進。しかし出家後平氏政権に反逆し六波羅軍に追われ宇治川で敗れ平等院にて切腹し果てました。歌人の交際は多く、かの小侍従を恋人とした伝もあるのでした。芭蕉さんは源義仲も好きで、義仲も征夷大将軍まで任命されながら、頼朝軍勢に粟津の戦いで討たれました。義仲には女武将の巴御前とのことが『源平盛衰記』に伝えられます。芭蕉さんは、こうした**不運の武将に同情**したのです。辛崎の松から真野の入江（景勝地）までは一里ほど北です。大津（尚白亭や千那の住寺）から辛崎の松は遠景で、見えるか否や。見えないとしても、芭蕉さんの心の中ではこうした昔の悲劇の大将らの面影があっての句で、それは朧々として松の己をダブらせたました。それを言葉少なの句に詠んだのだと思います。しかも**眼前**と云わせました。遠景ながら眼前と。花より朧と。芭蕉さんは、眼前と云いつつの遠景の花を材にし、昔の伝記や歌人たちに思いを馳せ、己の身を思い詠むに、その花より松の幽玄をいう。しかし断定ながら切迫を避けたのでしょう。複雑な心象句です。

　もっともこの句は下敷きがありました。**後鳥羽院（伝）**です。

からさきの松のみどりもおぼろにて花よりつゞく春のあけぼの

後鳥羽院の歌、誠に結構です。上句と下句は疎句仕立て＊しかも一体。松の　は、松はとも　松の緑（芽）とも読めます。色の緑　とも読めますが。みどりも　と（同列の**も**）がついています。そのおぼろは、**花（の頃）より＊続く**（時間経過の様態）という。春の曙と。花より**もっと朧だ（比較）**というのではありません。

＊この謂いは、のち、芭蕉さん、武隈で、**桜より松は二木を三月越し**　と同じ語法しました。（また、辛崎の松は一つ松。独り身、俳諧独自をいう。でも武隈の松は二木。芭蕉さん、心にひっかかる姿です。疎句仕立てというのは、元祖定家のあの歌を思い出して下さい。）。

　なお下敷きは後鳥羽院の歌だけでなく、**謡曲「鸚鵡小町」**の伝＊＊もあります。これは、宇多天皇の下された御憐みの歌**（雲の上は有りし昔と変わらねどみし玉だれの内やゆかしき）**に返するに、**や**　を　**ぞ**　と一字の換えての小町の意気軒昂、機知の話です。（鸚鵡返しの故事）。その能楽の中に、次の文句も謡われているのです。

春霞…梢にかかる白雲は　花かと見えて面白や

松風も匂い……辛崎の松の一つ松は　身の類なるものを…

芭蕉さん句は、これら歌や謡いの、松をパロディしたのです。その松は己と。ともかく推敲・手直しは、文芸は誠を尽くすべし、ということです。

この句のことは第三の留めに絡む発句論ばかり喧伝されますが、大事なことを、其角（『雑談集』）は云っているのでした。

一句の首尾、言外の意味、あふみの人もいまだ見のこしたる成べし

つまり発句というものは、詠み古したことを詠んではならぬ。この句は近江の俳人は、湖辺に生き多くの句を詠んだに違いなかろうが、それでもこういう、まだ詠み残しがあるぞ　と。そこに価値があるのだと其角は云ったのです。首尾（狙いの成功）は、言外の意味や余情にあり、それは尋常な趣意でなく、曲（普通の見方でないこと）にあると。これが発句の発句たる資格であり、単なる俳句と違うことを認識せよ　と。ここを云ったのは其角で、さすがです。（詳細は先著『俳諧真髄』p73~80）

●一方、**支考**は、この頃まだ芭蕉さんや他の蕉門連衆に見えず、よってこの発句のあった座には居ず、後年（元禄五年『葛の松原』、のち『廿五ケ条』）で師の作法を説くに、

此句、錦をきてよる行人のごとし。好悪はその人ぞしり給ふらめ。

…此句、花の字なからましかばしらず。

と言い残しました。

前半はその通り。**夜の錦を着て行く**とは、よくぞ上手く云い取りました。でも後半はちょっと丁寧ではありません。そもそもこの句の何一つ省くか替えれば、もう成り立たないのです。花だけではない。むしろ松、その曲（きょく）なることが主眼なのですから。松の朧なる節が、花を貶めることを前提として曲になっている　といえば解り易かったところです。それを、むしろ、少し解り難く仕立てたのは、**「不決定の決定」**、つまり、**「花より松は朧かな」**と、**かな**留りに決定すれば偏題のそしりを受ける。それを避ける為に、少し疑いの「にて留め」にしたと。これは支考の分析ではなく、芭蕉さん自身が述懐していると書いていています。そのことを、少し留字の論に戻していえば、この　**にて**　が何故要ったか　というに、先に　**より**　なる比較の助辞があり、それが強過ぎるから、**かな**　とか　**なり**　とかの手放しでの肯定、賞賛でなく、**にて**　と条件付きでの肯定・自讃へ緩めねばならなかった（宵）のです。

また別に、**切字論**をいうに、十八体あると。その裡の一つ、**「大廻し」**の例としてこの句「唐崎の松は花より朧にて」と「行く春を近江の人とをしみける」を挙げ、「右大廻しは天地未分の切にして初心の人知る事なし　口伝詳らかにあかさず」と説く。「に廻し」、「を廻し」の切れは具体的、下世話なことだが、「大廻し」だけは言語の切字論ではなく微妙なことという（『幻住庵俳諧有耶無耶関』も　今回は省略します。）

●以下は今回、更に新視点から補講致して置きます。

この句の素地は、先に挙げた後鳥羽上皇の歌や源頼政や、鸚鵡小町の謡曲ですが、殊に頼政の（芭蕉さん直し）歌

さざなみや真野の浜辺に駒とめて比良の高嶺の花を見るかな

の、**比良の高嶺の花**　とは何でしょう。原歌の限りでは感慨深い写生です。その歌が好きで、永年反復している裡に、あの良き花、高嶺の　とは、咲き誇った**和歌の花**と、連関して芭蕉さんは考えるのです。それに**比**べての「よきこそ」の俳諧を考えるに、辛崎の（辛い修行と主張を続ける一つ松（孤松）の）己　のそれ。先にも引用しました（のちの貞享五年『笈の小文』）の、あの句ですよ。「**行く春に和歌の浦にて追い付きたり**」の、前段階の句が、この（辛崎の松の句）に当たるのです。

「頼政さんよ、あんたは（いや失敬、貴殿は）真野の浜辺から比良の高嶺の花を仰ぎ見るのかい。あたしゃ、逆に**比良**の山から、真野の浜辺、直ぐ北の辛崎の一つ松を遠望して、でも当に眼前で、比良の高嶺の花よりさらに**朧**なる**美＊**を見ているの

ですよ」

というのです。

この**逆転こそ発句**であり、それを拘り主張定着したのが、この**「にて」**なのでした。芭蕉さんわざわざ**「眼前」**と申されたのです。しかし今、朧なる美＊と、＊を付けて説きましたが、芭蕉さんも支考も当時は＊の詳細を云っていません。ただ　朧にて　と口籠り、ぼやかし、はっきり直言していません。良いんだか悪いんだか。そこらが支考いう「錦を着て夜行く」不確かな不可解な、やや気持ちの悪さの評言だったのです。朧なるものが良いことを前提とはしますが、それが（美）なのか、（雅）なのか、（幽玄）なのか、（高志・崇高）へ繋がる信念のことなど、云わず仕舞いでした。（括弧の中のこと）をいっては、俳諧お終いなのです。それらは和歌や連歌の世界のこと。俳諧はパロディでそれを越えなければならないのです。

（八）

『奥の細道』出発と終焉の　それぞれ前後のこと

前後しますが、『奥の細道』は旅の出発から**一週間の不明な空白**がありました。船出の千住で弟子らが送別するのに、『奥の細道』の文章、行間をどう読んでも、そこに同行ある筈の**曾良の姿が見えない**のです。（曾良どころか見送り人や船のことも具体的でなく幻に思えるのです）。つまり散人には、**弥生の七日（三月廿七日）出立は、芭蕉さん独りであった**　ように読めます。

曾良の旅日記には、**（廿日同出）**とあります。廿七日ではない。これには既に学界でも、種々異説があり、

ⓐ　曾良が書き損じた　（七の字脱落）。

ⓑ　芭蕉さんの旅出は、実は弥生の廿日だった。（芭蕉さん書き損じ）

ⓒ　同出は　日出（日の出＝早朝、日と同の字の類似）の誤字だ。（諸人の日記にも

同出はよく見られる書き方だから）。　　…ならば廿七日説。　等。

重要な数年かけての練りに練った『奥の細道』紀行文初段で、ⓑは在り得ない。見送りの人大勢なれば、その人らの二十七日なる記憶や記録を消し得ません。ⓐ曾良だって二十七日が本当なら、日記冒頭の誤った？廿日なる文字を、当日また旅中、何時でも修正が出来る筈です。いつも携行し毎日時々書き足している日記なのに、初段の記載誤りのまま最後まで放って置く訳がない。

よって既説は…ⓐⓑⓒ　いずれも　×

であれば、（宵、先書の推理）、芭蕉さんが出立したのはやはり実際に二十七日だったが、**曾良は七日前＝廿日に先行した**　と考えねばならないことです。ⓓ　○

その廿日は曾良自身が元々計画していた日付であり、自分の手帖に**計画時の筆で、初日予定欄　まず、廿日　と書いて置き、当日ⓓその下に、同出と書き足した**だけⓔ、**（日出でもない。正しく同出**）と（宵は）推理します。　◎

『奥の細道』、（翁は、その二十七日に**草加**（早加とも。千住より10キロ徒歩約4時間）に（やうやう）辿り付きと記した。しかし実際、草加に泊ったのか、足を延ばしその先の**春日部**（粕壁　草加から18キロ四里半）まで行ったのか？　そこで同日二十七日中に、曾良と落ち合ったのか、いや翌二十八日か、それとも他の何処かでか?)。ここら、芭蕉さんの筆は早くも曖昧で晦渋しています。健脚の芭蕉さんのこと、多分、春日部まで行ったと思います。多くの旅人はそうするのが慣行でした。

それを芭蕉さんは、何故近くの**草加で泊ったように書いたのか**。いや、泊ったとは書いていない。**宿にたどり着き**　と。餞別などの荷も多くあり重かったし、前途三千里の不安でよろよろと　と、筆は、如何にも宿泊したかの思わせぶりの筆なのです。草加では**休憩しただけ**かもしれません。餞別の整理（売却、遣り）などしたか。こうしたわざとらしい筆遣いこそ、誤魔化しが透けます。千住での人々の別れ（がなかった＝独り歩行旅（宵案））を虚述した結果なのです。そして次の筆は、いきなり離れて遠い「室の八島」から書き足したのでした。ね、**わざとらしい**でしょう?

『奥の細道』紀行で、初めて曾良が登場するのは、室の八島（栃木市惣社町　大神（おおみわ）神社：歌枕）の記事から。芭蕉さんの文、何食わぬ風の叙述で、いきなり、

　室の八島に詣す。同行曾良曰く　此神は木の花咲くや姫……

と、初めて同行の記事です。この書き振りは、如何にも千住から曾良も同行し、初日の

宿も、そこからの宿立ちも何事もなく同行していた　と読ませます。芭蕉さん巧みです。でも（宵）は見逃しませんぞ。また室の八島までの途中や、どこかで泊ったか　などの記事もありません。ここまでの里程、普通は二、三日たっぷり掛かるのです。室の八景に泊ったのは廿日（四泊目）。しかも室八景の縁起を事々しく紹介して、読む者の興味をそちらに専ら向けさせる筆遣いでした。

曾良の『日記』は、カスカベ（春日部）泊まりを記しています。曾良は春日部に泊った。しかし何時からそこに居て、芭蕉さんを待っていたのでしょう？　或いはその日（廿七日）に落ち合ったのか？**日記にはそれまで七日間のこと何の記事もなし。廿日同出の訂正もなし**。以下は（宵）の詮索です。

芭蕉さんは恐らく一人で春日部まで行き、初日、春日部泊り。しかもそこでも曾良とは逢わず、一人泊り。翌朝、春日部を発ち、間々田を通り、室の八島へ遠く（十四里55キロ）歩んだが、どこかで一泊した筈で、多分そこで漸く曾良と落ち合い、室の八島へは同道参拝した。或いは室の八島が約束の場所で、そこで落ち合った。

「**廿日同出**」なら、**曾良は一週間、隠密行動し**、その調査内容は別の書付に記して早便で伊勢の長島藩に送ったりしたのでしょう。曾良は、昭和になって発見された『随行日記』以外に、別途秘密の調査書を作成し、以後も都度、藩に送っていたと思われます。
●もし、春日部に泊ったのに、芭蕉さんは何故　**草加**　と書いたのでしょう。謎です。

（宵　先著考えるに）この旅寐の文芸紀行文として、

① **草深い（草加）の名**は、如何にも奥への田舎旅に相応しい。

② ③重い荷物、前途暗暗で不安、それはここら道草深い（草つのり＝草加）から。

さらに

③　地名、春日部（**春の日の部**）**とは書き難い**気分（文芸ニュアンス）だった。留別吟は「行く春や」と既に詠み、春を過ぎもする時期なのだ。今更、春の日が盛りのような所（春日部）とは筆が嫌おう。次は夏草の其処、「草加」でなければ感覚として駄目で　と。文（あや）が細かい。

●**奇しくも草加の地が其処にあった**のは、紀行文芸作文上、ラッキーでした。こういう**偶然**を上手く実態に取り込むこと、**詞付**の**連句的発想**と考えます。

（なお、草加には「松原」という嬉しい地名の小村があり、千本松原として既に名高いところです。『奥の細道』旅（元禄二年（１８６９））の数年前（天保三年（１８６３））、綾瀬川改修の際、関東郡代により植えられたと。こうしたことは、**本来なら**芭蕉さん、嬉しく書くべき事柄であったのに、筆は省略されました＊。多分、ここらの**怪しげな日**

時不明で辻褄が合わなくなり、書かぬが吉　とした　のだと推測します。折角意気揚々と千住揚ったはいいが、地名草加（草深）だった（実際の街道は違いますよ。賑やかです）。のちの那須野の「野路は縦横」に早くも対応しました。＊此処は草加を強調するので、己れの松が千本目出度き　とは筆が渋ったのです）。

この七日間、曾良は、どこで何をしていたのか。（宵先著の憶測では）**見沼の湖沼干潟や見沼代用水新田などの実地観察**などしていたのではないかと。当時そういうこと各藩みな**情報蒐集**に躍起でした。曾良は伊勢の長島藩に仕える身分であり、後年、西国長崎方面に命を受け（幕府の諸国巡国使の随員）となり、隠密行動があったとも伝えられる程です。そうしたことは『奥の細道』の旅でもあり得ることです（参照　先著p157〜171）。或いはこの旅を通じて、そういう行動に長けるようになり、その経験や才能を買われて、のちの隠密役を背負わされたのかもしれませんね。

また**出立の様子**は、見送りの人々の脳裏に焼き付いている。出だし、芭蕉さんが独り旅だったことは皆の記憶から消えないことです。（**留別の人らの記録なし**）。執筆した『奥の細道』紀行文が公にする（なる）のに五年かかるのですが、そのくらいの年月の後には、人は亡くなったり、生きている人も、文を見せられても、その曖昧な筆づかいに目くじらを立てることもないでしょう。文芸上の虚構とか筆の都合とでも云われれば追及もされないことです。実際、書かれたことは正直「実」が殆どで、嘘はない紀行文ですが、省略や曖昧の筆遣いを利用して、合わぬ辻褄合わせを処々にしてあるのです。そう、翁は嘘は書かない。出だし「二人同行して出発」などと書いてはいません。その様子も一切触れていません。また、千住まで皆が同じ船に乗り来て送別した、その様は…などとも書いていません。皆前夜送別に集まったまでは実として、千住を越したのは（歩行）一人旅だった？只、船をあがれば　とだけ（虚？）です。この船は実の船ではなく世間と別れる意味。嘘は書きたくない。**省略に真実がある**のです。翁は真意真実を曖昧とせしめる筆の天才でした。隠密行動で数日空白の曾良を、筆の曖昧で擁護してしまいました。しかしそれは**己の保身でもあった**のです。

●（戻って）、『奥の細道』山中の曾良との別れのくだり。これより後、芭蕉さんと曾良は越前路、旅して行くも一両日の差でした。急ぎ追い逢うこともありません。曾良は八月五日、山中を発ち、越前各地をゆっくりと通り（早馬でではない）、九日敦賀着、気比参詣、色浜、敦賀戻り（翁へ金子一両宿に預け）、十二日長浜、足を伸ばしのんびり多賀神社参詣、十三日関ケ原、十四日も南宮など寄り道し、大垣に到ります。十日もかけての、のんびり旅。別に腹痛で苦しんだ様子もありません。しかも途中、後追いする翁の為の路銀の預けとか、未練がましくも？勘当された（筈の）曾良、飽くまで己は、荻ではなく萩なのに　と言い訳しての「行きくてたふれ伏すとも萩の原」との吟をし、師の顔色を窺っています。芭蕉さんと芭蕉さん新風に、私も萩で真心を尽くしていますと。不思議な日程行動です。先の山中での劇場俳諧を抜け出してのことです。

そして後半、芭蕉さんは、何故か一日遅れでなく、曾良よりも数日の間隔が空き、八月二十一日迄に？（日付、曖昧です）大垣に着きました。何の為の二人の夫々一人旅なのでしょうか。曾良は先ぶれの役を務めたにしろ、本来は数日とて留まって、大垣の人々と一緒に芭蕉さんを迎えるべきところ、其処に、なんと曾良の姿はなかったのです。三重の叔父方（津の大智院）に行く用ありともいい、それ半分は用あるとしても、半分は元々漂泊の旅の筈。何の用の急ぎあるというのでしょう。多分、隠密調査の津長島藩への早速の報告と思えます。（曾良は半月後＝九月七日、伊勢長島より大垣に戻ります）。

大垣城主戸田氏との晴れの三吟（城主、如行、芭蕉）に、木因の名はありませんでした。大いに不審なこと。本来なら、土地の殿様とのお目見え、大垣俳諧の代表なのですから、自らも出座し四吟で正々と為すべき礼儀です。大垣での芭蕉さん帰着は、既に大々的に宣伝され、その頃までには、なんと尾張から越人も馬をとばして来て居りました。（省略多かる文にわざわざ「馬をとばせて」と書き入れました。これは『山中三吟』発句の「馬かりて」を充分に意識してのことですよ。越人の誠意に応える筆遣いです）。また、翁は何故か土地の主たる**木因宅でなく**、心酔する弟子の**如行宅**らに体を休めたのです。（木因は商用でもあり？大垣に偶々居なかったのか？）

でも、始め逢わなかった木因も、やがては渋々？歓迎の宴を張ったりしました。こうして半月ほども芭蕉さんは大垣に滞在し、九月六日、桑名へと別れたのです。これを『奥の細道』最終地としました。木因らは船で追い、発句の交歓などもして、表向き情深い様で見送ったのでした。木因との（邂逅と別離）のことは後述します。

さてそこで、芭蕉さんは伊勢二見に行くと、それを句にしたのです。

蛤やふたみにわかれ行く秋ぞ

と。これは木因への、意に添わなくなった古い俳徒の友愛・友誼に、決着をつけたのでした。かつては『冬の日』の影の同志、功労者だったのに。噫、人生、ドラマです。**劇的な紀行終末**でありました。

（少し戻って補足します）。

『奥の細道』、山中での曾良との別れの段。

今日よりや書付消さん笠の露

この露は泪です。芭蕉さん、師として、せめてもの**句餞別（の振り）**でした。それまで越後から北陸道、我慢の旅笠であり、その頂点は、佐渡を臨む風雨の夜の、厳しくも寂しい、絶望の「隔て」の絶唱（荒海やの句）でした（先述）。かつての『冬の日』の野水脇吟は、「たそやとばしる笠の山茶花」と、しっかり粋の花の山茶花が笠に挿されて散らさなかったのですが、山中では笠の露はたばしった？というのです。「今日よりや」の上五の「や」は、詠嘆でもありますが、決意の「や」なのでした。しかしこれら、山中で別れの時の「即事」の書付でなく、数年後の文章で改めて挿入したことだろうと（宵）は推測します。僧の句仏に送った書簡（「今の存念にたがふ事」）と思い合わせると、紀行文推敲の年余の時を経て、曾良も許そうと考え直した？ことと（後述）。つまり、北枝との三吟で、当時は仮空劇俳諧を巻いて曾良を追い出したけれど、後年、句空宛書簡のごとく、存念の変化あり、それを消したいこととしたのに符合します。（更に（宵）近年の考えでは、曾良の腹痛や勘当なども、半分以上は、『奥の細道』文芸の為の、**ソラ事**ではないか　と思えるのです（後述））

●ここ大垣の段、別れの句（＝辞）にしてはどこか仰々しい気がしませんか。殊更仰々しく書いて残した筆に虚構あり（宵持論）と。則ち、曾良勘当のことも覆り、**劇中劇**を覚えさす。後の文だからでしょうか。つまり『奥の細道』全体を（実録＋文芸虚）にて面白く盛り上げるに、病態とか葛藤とか別離のシーンを置いたのではないでしょうか。紀行文の中の曾良は、紀行文の為の犠牲であった、と。それは同じく**木因らとの別離のシーンも、悲壮な別れでなく、賑々しいパフォーマンスたっぷりの、文芸演出**を感じるのです。**何故なら**、その日その時に木因とは決定的な永久の離別をしたのではなく、直ぐ二日後、桑名の長島で歌仙の席に同席しているらしいのです。（後述）

　山中の段、曾良が退出してからは、『奥の細道』の旅は、実質殆ど終わりでした。山中湯での数泊後、芭蕉さんは加賀全昌寺に一宿、翌朝、寺を出る時、

　　庭掃きて出でばや寺に散る柳　＊

の句を為しました。この、散る柳葉を掃いて寺を出る句案は、仏門では一宿恩謝の慣例です。その限りでは、何ら目新しくもなければ、蕉風新風の欠片も軽みもない。平凡な句です。しかし、表現は軽いが、内実重みの句として、**庭**（庭は家でもある）乃ち、今までの『奥の細道』での、

イ　ぬるい俳諧を箒で吐き出して、再び己の俳諧道を極めん　とか、

ロ　相変わらず世間の貞風談林の悪風を改めん

という普段主張の二様を云う句とすれば、甚だ重要な句でした。句の姿は「寒山拾得」とも云えましょう。この句の類案（修正？発展？）は、のち、次もあるのです。

庭はきて雪を忘るゝ箒かな

これは三年後の元禄五年、何処での句とも不明です、明らかに前句同様、「寒山拾得」が下敷です。禅の境地として「無我」をいうとも。つまりそれ拾得、箒を持って庭の雪を掃く。偶々　**雪**　有ろうが無かろうが、毎日掃く。寒暖粗衣、何を掃くのか、既に「亡我亡物」の境地です。この句、前者に類似の句ですが、我「寒山拾得」の境地に至ったので、前句より進歩したよ　と芭蕉さんは云いたいのでしょうか。句としても、全昌寺での句よりは上等です。しかし典拠に基づく句でした。**「軽み」の句ではありません。**それを敢えて進歩した句にして示した、とならば、折角の『奥の細道』のこのくんだり（山中の曾良のこと、歌仙のことなど）を、その頃には、**消してしまいたい（雪で＝雪ぐ）と考えた**のかもしれません。『卯辰集』が日の目を見ないことを願ったように、芭蕉さんは折角の『奥の細道』の一部をも消したかった、ということは、曾良との関係の重要な謎に触れると推し得るのでした。そういう意味では、前者「庭掃きて出でばや寺に散

る柳」の句は、『奥の細道』の中で後者とは季も違う発句ですが、基盤は恐ろしき「やまなかしう」の宴の延長でありました。記憶も掃き出してしまいたいという。**柳**（別離の象徴で詩などで詠む）の汚く散ったことにした葉など箒でさっさと掃き出してしまうぞと。そして三年後、庭を掃く句とても、散る柳葉でなく、雪で消し、また曾良たちを許すことにした句なのでしょうか。「雪」は、自ら箒を手にしなくても、自ずと消えるものであるのにです（この考えは（宵）最近の考えです。）

＊なおこの「庭を掃く」案は、先に貞享五年の岐阜落梧亭で三吟、荷兮発句、翁第三の、落梧の脇吟がありました。いい句です。

折りてや掃かむ庭の箒木　　落梧

家とか庵とか庭とか居所は、家業（文芸界なら流儀）というほどに、生き方、主張・志に関与することで大事な事案です。

なおまた、大垣での最後の筆はこうでした。見逃しがちは舟の字。船ではない。

…伊勢の遷宮を（お）がまんと　又舟にのりて

蛤のふたみにわかれ行秋ぞ

句の前後、心で別れ、句を留別し、「船」が実際でしたが心と筆は最早「舟」だったのです。

しかし芭蕉さん、この最後の段に於ては、既に全てを許す気持ちになっていました。それは見逃しがちな先の敦賀の段、筆遣いに自ずと表れています。最も注目すべきは、「**その夜、月殊に晴れたり**」と。旅即事の筆なら、「この夜」とあるべきです。これは後日の筆、もう因縁も憂さも晴らした　と云うのではないでしょうか。だから大垣ではもう、木因との再会や別離も、淡々として居られたのでしょう。身は軽くなったのです。

●芭蕉さんは後年、軽みを唱え、軽みの句を実践したといわれますが、ここらまでのこと、句々は**全て重みの句**でした。芭蕉さんは死の直前まで、重みの人であり、凡そ、重みの句しか吐けなかった。いうなれば、本物の「寒山拾得」には成り得なかった。表の字句、表現は軽く思えるものも、内実は重いのでした。死の直前の句々、

白菊の目にたてゝ見る塵もなし

旅に病んで夢は枯野をかけ廻る

清瀧や波にちり込む青松葉

など当に　**重み**　の連発ではないか。全て自分の深い思いを裏打ちし、語々に隠した暗示をしたものです。その重み　を可としなければ、もし　軽み　だけを唱導し、それを評点とするのであれば、これら句は死の直前、何んと下手の見本ということになりましょ

う。句の良し悪しは、句が吟者の境遇、其の場其の時に発したことを読まねばなりません。たとえば、白菊の句、老衰の果てにかつて密かに恋心を抱いた園女に逢った時の句との経緯の上の句と知らねば、顕微鏡を覗いた軽い句かとでも。野ざらしの旅、奥の細道の旅、果たせなかった西国四国への思いの旅、幾度かした故郷への行き帰りの旅、最後の奈良浪速への名も建てぬままの死出となった旅、その都度、己を脱皮してきた、まさに旅男、芭蕉さんならではの、臨終での句は、旅の枯野をかけめぐる夢、執念でした。そして、老いたれど初心瑞々しく持ち続けて来た（若さ）、己松尾芭蕉の、清瀧へ散り込ませたその象徴を**青松葉**といった辞世の句。そしてこれが、「旅に病んで」の句より後に成された。そのことが凄いことと思います。重い！重い！

噫、**芭蕉さんは生涯　重み　の人であった**のです。いや、俳諧連句の付句では、敢えて思わせぶりの重みを去り、軽みでも連ねればいいが、発句は相変わらず、重み句を成さざるを得なかった。重みを隠した言葉の裏に重い心があるのでした。

（九）

（一服しましょう　インターメッツオ）
「夏の月」「古池や」など

芭蕉さん、東海道の「**赤坂**」の地名には、ふと引っ掛かるものがありました。故郷の生家の地名が「赤坂」なのでした。東海道五十三次の上り、３５番「**御油**」宿の次（西）３６番が赤坂宿。（広重の「五十三次」浮世絵は５５番まであり、起点の日本橋を１番とし描くので、ここらに来る前に宿次が一つ増えて勘定され、御油は３６番，赤坂は３７番です）。

豊橋と岡崎の間で、二級河川の音羽川沿い、街道は黒松六百本の並木が連なります。御油宿と赤坂宿は隣り合い、今は名古屋鉄道の両駅がある。元々は、「赤坂御位」という一つの大きな宿場で、八十軒の旅籠があったのを、中に松並木を植えて二つに分けたという。御位が訛って御油になったか（みくら　みくらい↓　ぎょい↓　ごい　↓＋

ごゆ）。だから両宿の間はとても短い。なぜそんなことをしたのかは、多分繁盛過ぎて支障があったのせしょう。大名行列は京から江戸に向かう際は赤坂を利用し、日本橋から京に向かう際は御油を利用する習わしにして、混雑を避けたともいう。なにしろ徳川家の膝元のこと、宿場混雑は宜しくなく、整備したのでしょう。でもそんなことなら、他の宿場でも同様な必要もあろうこと。ま、ここ二宿は殊更混雑する理由があったのです。

芭蕉さんは、いつのことか、江戸から下るに、「御油」宿を素通り出来ず、泊ったことがあった。というより、東海道を旅する旅人は、誰でも五十三次を通り、御油の隣は赤坂宿であることは知っている。芭蕉さんも急ぐ旅でもないので、翌日遅く起き、出立しようかどうかと迷うことでした。

夏の月　御油より出でて赤坂や（か）　延宝四年（1676）

この句、普通は御油宿で泊った後の句と解されます。（中七の括りが「て」を動作の結果、次をいう一旦の切れ）。状況はこう。御油で泊れば、健脚ならずとも誰もが次の短い赤坂宿は泊る必要もない。だが芭蕉さん、「次は赤坂なんじゃな、懐かしい名」、「じゃあ　また泊ってみようか」とかの感情が起こったらしい。句末が、「や」とか「か」とか伝えられるにそれが表れていよう。ただ郷愁の名を口ずさむだけで、そんな贅沢、無駄遣い？をただする訳がない。繁盛する両宿は理由があったのです。

一つ前の３４番は吉田宿。ここも怪しいのです。巷の囃し「御油や赤坂、吉田がなけりゃ、なんのよしみで江戸通い」また「吉田通れば二階から招く、しかも鹿の子の振袖が」の筋で読み解くと、ここらの宿には飯盛り女がわんさと溢れていたのでした（広重浮世絵３６番御油旅人留女、３７番赤坂旅舎招婦ノ図も如実です）。旅人　男なら誰しも、泊まらねばならない宿々だった。句、例によって、月は、げつ　がつ　という場合、男、漢（やから）を意味する。（芭蕉さんは男女両刀使いと伝）。夏の夜の月、「妖しくも　むらむらと、情熱盛んな　という」勢い　の意義でよい。句の趣意は、御油で泊って赤坂も泊まろうか、という、あの方面の豪傑自慢の句と。吉田はさて置き、御油、赤坂二宿泊ったのかどうかは想像の裡。泊ってみようかと未然のことかもしれない。

もしかして御油宿に泊る（到る）前の句ともいえなくもない。その場合は、「出でて」は経過確定の助詞ではなく、「出でたなら（ば）」の、仮定法もあり得るからです。「ここ御油を出で立てば、（直ぐに）赤坂だなあ」「御油に泊ろうかどうしようか」「赤坂にも泊りたいが、いや本当は赤坂の方に泊りたい、だけど御油に泊って、直ぐ翌日何歩も行かぬ裡に赤坂では、それもちいと気が引ける、御油に泊らないで、先の赤坂にしようか」と逡巡する句とも考えられます。

いろいろな筋が考えられますが、句をす〜っと読めば、これは、御油に泊り、ゆっくり発ち、次の赤坂を素通りせずやはり泊ったと。

つくづく俺は夏の月だなあ　御油から出て　今　赤坂宿に居るんじや

この句、右の解で尽きていましょう。しかし一般の解説は「夏夜は短い（短夜）」の暗示、それが趣意だという。御油赤坂間の距離が短く、夏の夜の如きということだと。学説だからといって何でも鵜呑みにしてはいけないよ。それでは句から**月が消えてしまうよ。**月は夜出るものだけれど、月と夜とは違います。月でもって夜をいうとはちと難かろう。また、あからさまに、それ（夜も距離も短い）を暗示するという穿った指摘は、いささか直接的過ぎる。そうなら上五と中下句は同じことをいい合うことになり、句として下司である。それを句にいうまでもなく、御油赤坂間の短いことは誰も知らない人がいないことですから。

やはりこの句の主題は、夏の月。中七「より出でて」は月の動態をいう。夜が御油から出るのではない。厳密にいえば、御油より出でてという場合、普通、月の出をいうのは東の山（端）から昇ることなのに、御油は平地です。でもこの句は、本物の月でない、人の上のことだから、山の端から出なくていいのです。

さらに、別に、あの方面の面白話の句でもなく、単純清楚に、月を詠んだ、たまたま夏だった　というだけの即事といえなくもない。御油の上に出ていた月が、ちょっとの間に動いたか、動いたなら赤坂の上空だろうな、というだけと。だが「というだけ」では何の意味もなく、発句にならないので、やはり赤坂宿の例の賑わいを思ってのことでしょう。こんな句を長々と詮議したのは、芭蕉さん、若かりし当時（といっても三十代後半）、あちこち（これは東海道）、遊行か修行か、旅をしていたことを物語る、他愛のない句だからです。旅をして恋をしなければ俳諧の人情を語れないのです。してまた、この他愛のないエロスの句、エロスの句は文辞に隠していうから褒めるのであり、あからさまにいえばポルノとなります。文辞に隠して暗示する仕法は、「重み」の方法なのです。句柄（表面の意味内容）の軽重とは別。この句などは、表面、平易で軽い姿を装いながら、意味深長の句でした。

〜〜〜

別の話。芭蕉さんの最も有名な句は、誰でも知っている次の句ですね。

古池や蛙とびこむ水の音

ではその解釈は？というと、用語、句柄、平易ながら、これほど難しい句はない。今まで述べてきたように、言葉遣いや諸々の考えを詮索すればするほど、この句は全く単純でない。そうなるともう平易だけど軽みではない、**重み**の句。そして何一つ真（実）でないことはなく、何詞一つ動かせない「不易」の句ではありません。かといって、一時の（次の時代、時期には消える）興でもありません。凡たる俳人は皆こういう（地味ながら？）立派な句を作ろう、作りたい、と四苦八苦することでしょうが、止めた方がいい。むしろ今の世、一時の実の姿（これを当時のいい方で「**流行**」の句といった）、それを詠もうとするべきかと。連句の平句の面白さは、今世、今の座で、その「流行」の句の在りようの絡み具合を求め、談笑する、褒め合うが宜しい。いや時に「不易」の句を挟むのはいいい。連句ではそれが成功するのは滅多にないでしょう。この句は「不易」でも「流行」の句でもなく、特別、特出の句でした。

この句は、尾張の荷兮の『春の日』に収録されています。荷兮が懇情したのでしょう。『春の日』は、歌仙三巻と追加六句、発句は春夏秋冬別に編集。芭蕉さんは歌仙に参加せず、句は三句のみ、文で江戸から送ったか。その一つがこの「古池・蛙」の句で、春の部、それは他の人の春季の句に紛れて載せてあります。『春の日』を読んだ当時の俳人たちに、果たして後日の持て囃されるような影響があったでしょうか、全く見向きもされなかったのではないか（つまり、水の音や水の輪など芭蕉さん期待の影響はなかった)。ただただ地味な句と映ったことでしょう。それが徐々に成程の句、俳諧の真はこうでなくちゃ、と思わせるまでに、どうして成長したのでしょうか。

この作句事情は次のようです。

或る日のこと、江戸深川の庵にて呻吟し、弟子にも図って治定されたという。芭蕉さんが弟子に諮る(図る)場合は、文字通り困って全体か部分の是非を聞く場合でなく、既に確案はあるものの弟子の教育の為に試しに聞く場合が殆どでした。これはその中間であったか。中間というのは、一応完成を得ながら、なお胸の裡に推敲を凝らしている様子のこと。深川の庵は一種のゼミナールで、芭蕉さんスクール、しばしばあったようです。弟子らも師に対し、懼れ縮こまっていたのでなく、自由な雰囲気の庵であったらしい。

芭蕉さんは、まず(中七、下五)のブロックが出来たけれど、上五に据える語に迷って定まらぬと、胸中の案(蛙とびこむ水の音)を示しました。それについてゼミ一番の俊英普子(其角)は早速、「山吹(や)が宜しいのでは」と進言した。

山吹や　蛙とび込む　水の音

それは古くから和歌の典拠*もあり、相応しい寄合に歌われ継がれてきたし、如何にも春の季題に相合うことと。当時迄の俳諧発句の作り方でいえば、当にその通りでした。

典拠、教養が大事なのでした。しかし芭蕉さんは首を縦に振らず、暫く考えて（いや、考えた振りして）、「古池（や）」の案を出し、治定したという。普子案は、美しい調和（雅美）はあるとしても、新味がないと却下。噫、何とこれ、出かした一場の舞台劇であったことよ。演出の上手さよ。

＊歌に詠まれた蛙（かはず）は、山渓に美声で鳴く「河鹿かじか」です。雅美です。如何に連歌などは一旦、雅美なる御墨付を得れば、それの踏襲に明け暮れたことか。

蛙鳴く神奈備川に影見えて今か咲くらむ山吹の花（『万葉集』厚見王『新古今』再録）
かはづ鳴く井出の山吹散りにけり花のさかりにあはましものを（『古今』読人不知）
忍びかねなきて蛙の惜むをもしらずうつろふ山吹のはな（『後撰』読人不知）
山吹の花のつまとはきかねども移ろふなべになく蛙かな（『新古今』藤原清輔朝臣）
あしびきの山ぶきの花ちりにけり井でのかはづはいまやなくらん（『新古今』藤原興風）

俳諧なのに、それを持ち込むことを、芭蕉さんは嫌い排したのです。貴人らの規範の雅美から脱し、庶民の自由な実存の美を探れ、と。

●この「古池・蛙」蕉風の伝は、芭蕉さん学を説く最も古い書＝支考の『葛の松原』（元禄五年－1692）刊から出たのでした。原文次の通り。

弥生も名残りおしき比にやありけむ　蛙の水の落る音しばしならねば言外の風情この一筋にうかびて　蛙飛び込む水の音　といへる七五は得給へりけり　普子が傍に侍りて山吹といふ五文字をかふらしめむかと　をよつけ侍るに　唯　古池　とはさだまりぬ　しばらく之を論ずるに　山吹　といふ五文字は風流にしてはなやかなれど　古池といふ五文字は質素にして美也　実は古今の貫道なればならし　されど華実のふたつはその時にのぞめるものならし　柿本人丸の　一人かもねむ　と詠る歌は　かばかりにてやむもつたなし　定家の卿もこの筋にあそび給ふとは聞侍し也　しかるを　山吹　のうれしき五文字を捨て丶　唯　古池となし給へる心こそ　あさからね

芭蕉さんの「蛙」は、河鹿蛙でなく、田や池に生息する普通の蛙です。美声ではない。また支考の証言によれば、日がな池に鳴き飛び込んでいる。それを、如何にも芭蕉さんが詠んだから幽玄な場面だろうと、一匹と考える読者が多い。英訳もそういうのが幾つもある。その音は「どぶん」と大きく？　どんな音？　芭蕉さんいわず。深川の低湿地帯、静かな当時のことです。一匹の蛙が飛び込んでも、かすかな水音は聞こえましょう。田舎の深川くんだりの古池、日がな蛙は音を立てて飛び込んでいましたよ。しかしそれは岸に立って見聞きするのであって、すこし離れた居処では聞こえない筈のこと。だからこの作句が庵の座で為されたというなら、それは写生即事でなく、普段の記憶の実景の引き出しです。

もし記憶からの句作りであれば、猶更、胸中練って練っての果てに示した「かはず飛び込む水の音」などいう他愛のない句片の意味・意図は一体何なのか。蛙が池に飛び込んだら音がした、それはそのまま受け取りましょう。音がすると同時に、水面には波紋が広がったことでしょう。目と脳はそう認知する。でも（宵）には、どうしてもとても観念的な句に思えます。蛙がどこから飛び込むの？池の淵からでしょう。何故飛び込むの？　芭蕉さんが歩いてきたので慌てて逃げたのでしょう。のそりと淵から水に体を滑らせたことではいけないのだろうか。それもよく見る蛙の動作だが…普通なら初心者の駄句で句会では没でしょう。

そういう下世話なことではなく、大事なことは、この蛙がⓐ**一匹**なのか、ⓑ**多数**なのかということです。支考の描写は、ⓑ日がな多数です。それは蛙を人、その俳諧と置き換えて解釈するとしても、もし蛙がⓐ芭蕉さんのことなら一匹（支考の描写と異なります）、古池は当時綿々の俳諧世界、俳諧人ら。ⓑ蛙が世間のことなら、終日多数です。どぶんと大きな音でなく、（ま、音などどうでも良く）、只、多くの蛙がそうしていると、芭蕉さんは観察、嘆いているのでしょう。今となっては、この句の意図することや姿こそ、蕉風の理（ことわり）と、余りに喧伝され過ぎました。その通りですが。芭蕉さん重みの句は謀り知れない意図や志が平凡な字面の裏に籠められています。

ともかく、古い微温湯のような俳諧界を革新せんという意図のことなら、その**影響の広がり**のことは、まさに気懸りなことで、それを弟子たちにしかと解らしめんとするなら、芭蕉さん、実は上五の「古池や」は既に懐にあって、わざと聞く振りしたであろうに違いありません。こういう教育法は弟子に記憶を鮮明にする効果があります。性悪なようですが、小学校でも幼稚園でも先生は皆、黒板の前でそういう問いを生徒にしているではありませんか。おまけに一番弟子の普子（其角）が上手く引っ掛かって、教養を鼻に「山吹や」がどうでしょうと、「をよつけ侍った」。芭蕉さん、何も云わず暫くして「古池や」を提示し、弟子たちを「あっ」と謂わしめたのでした。しかもその解説を自分でせず、若い支考にさせた。後世はこの支考の叙述を、直後より数百年間、拳拳服膺したのです。今後も数百年は、俳聖芭蕉さんの教えとして崇めることでしょう。ともかく絶妙のお膳立ての劇でしたよ。支考は卓越した劇作家でした。

但し、その意義さへ云いたければ、「蛙飛び込む水の音」の中七下五ではなく、上五中七の「古池や蛙飛び込む」だけで良いことではないでしょうか。原句一句の中に、池を云いながら水を云い音までを云う。俳句省略の心得からいえば無駄・云い過ぎで、下手な句じゃないかと（誰も云いませんが、云えば云えますよ）。それをわざわざダブらせて？治定されたのでした。姿を見よ。耳に聞けと。

いやまた、蛙が一匹で、芭蕉さん己の考えや行動のこと、池の波紋だけを暗示したければ、小石を投げても良かったこと。でも当時では、石では駄目で「蛙」は絶対なのでした。京都の井出・山吹・河鹿かはずの鳴く美声を、在り来たりの場の古池・田蛙に替えることにこそ意義があり、鳴き声を↓躰ごと飛び込む古池の水の音にせねばならなかったのですねえ。（宵）に下手な句と誇られようとも？その句に定着せざるを得なかったのです。恐らく芭蕉さんも内心下手な句かと忸怩たるものがあったからでしょう。

あ、もし蛙を芭蕉さんとするなら一匹ですね。だが芭蕉さんは、古池に飛び込むのでなく、経歴から努力して、古池から懸命に這い出たのですよ。例によってゼミの弟子に半製品を示して反応をみた。果たしてゼミは効果がありました。**「雅美」**を**「質実俗美」**にと、それが**真の俳諧**ぞと。後世、芭蕉さんをただ「侘び寂び」の穏寂の大家と考えては片手落ちです。闘志を籠め闘う人だったのです。当時（『甲子吟行』）の左の句などを例にすれば如実です。

霧しぐれ富士をみぬ日ぞ面白き　富士の美景を　敢えて詠まず
秋十せ却って江戸をさす古郷　京や生れ故郷でなく　現住を

馬をさへながむる雪の朝哉　雪の朝　旅人を見るに　馬を称した

つまり、まず「和歌連歌の雅美幽玄」に迎合する精神ではなく、**「反逆精神」**を発揮せよ　と。旧い雅美より独立し、下卑た庶民の生活の中の、**質実の美**を見つけよ、それが俳諧ぞ、と句作に具現しているのでした。この**チャレンジ精神**こそ、芭蕉さんの、苦悩と本骨頂なのです。

思うに、今の言葉でいえば、それは**「実存」**ということなのでしょう。**俳諧は規範（雅・教養）の美でなく、実存の誠の美をいえ**と。**固定より自由を**と。反逆精神と実存の主張は、時代の趨勢により起こり、守旧に対峙するもの。それらは、時代が人為的に歪み、正しくない時、それを正しく直さんとするとき、発揮すべき理念と行動なのです。芭蕉さんの偉いところは、死ぬほどの苦悩の反芻から、時代に盾を突き、排斥もされつつ（こうしたことは封建時代にあっては、既に江戸で宗匠の地位を固めつつあった命にも関わることなのでしたよ）、この誠の理論の貴さを摑み、それを実行し、己のみならず同調の人を誘い、弟子を導いた行動人であったことでした（独りよがりじゃないのでした）。

だから先述したことですが、のち『奥の細道』に出掛ける際に、売り譲った旧庵をつくづく観じて、それまで己が開拓してきた必死の俳諧すらも否定し、（それすら未だしの「雛の家」だったと反省）したのです。然り、代える、否定しなければ何ごとも前進なし、捨ててこそ浮かぶのだと。それ、雛の家と観じただけでなく、行動に移す。『奥の細道』初日、千住にて見送りの人らを捨て、ハイ　サヨウナラと川から上がる＝千住を捨てる＝（千住）**急脚安坐していてはいけない**、と込められた意図がありました。この考え、悩みは早くも『春の日』の頃、『冬の日』の頃、芭蕉さんの心の中にあったのです。それが（蛙～（舟ならぬ）船～千住）のワンセットなのです。（ここらは全部（宵）の独断です）

かくして、①千住から上り、草深い草加へと進め、「行く春や」「鳥啼き魚の目に泪」と未啓の見送り人を（捨てて？）惜しませ泣かせ、②或いは、自分の過去の俳諧の数々を、鳥や魚に見立て、哀しみに泣かせ、③**いやいや、行く春の先（前途三千里）に、新しい俳諧を夢見、確信しての旅立ちは、心啓く人＝鳥・魚に、喜びの声を挙げさせ、歓喜の泪を流させた**のでした。

（これも（宵）の独断です）

☆蛇足で～す　　（蛙に蛇足？）

古池や蛙とびこむ水の音

・有名になり過ぎたこの句、でも何だかインパクトないなあ。蛙の立場で思うに、どうせ飛び込むなら古池でなく、新池の方が気持ちよかろ。
・いや芭蕉さん、殊更、**古池**　ということを云いたかったのだ。蛙のことじゃなくて。

古池にぬるりと浸かる蛙ども

・幾ら意気込んでも、これが世間の俳諧態度だよ。噫、苦労するなあ。蛙と云うのはかえる　帰る　だぞ。苦労して蕉風・正風教えても、やがては、いや直ぐにまた元に帰りたがるものじゃよ。

古池が好きで飛び込む蛙たち

・当時俳諧の改革を云うには、古池のように（腐り　死に体）が前提で。でもやっぱり古いなあ。あんなエピソード（伝）で感心するなんて。

古池の蛙は普子にべそかかし

・しかも現代、英訳までして「これが日本の俳句だぞ」と世界に広めたつもりで悦になってるなんて、時代錯誤だよ。恥ずかしいよ。大昔、あん時、貞風談林をちょっと戒めようと芭蕉さんが力んだだけのことなのに。俳句じゃなくて、**発句**のことじゃよ。俳句の手本じゃないよ。あんな句、ホントは誰も好きじゃない？

・何が、古池じゃ、蛙じゃ、水の音じゃ？　うるさいゾ　いっそ、
　池なんか埋めっちめえ　デヴェロッパー
これ、信長が来て、何を　もたもたしてるのじゃ！　と。　ハイ　ハイ。　で
　蛙根こそぎ　煙り串焼
美味いじゃろうか　どうじゃな？　ゴメンナサイ　芭蕉さん

（十）

『奥の細道』大垣　木因との確執　ふたみの別れ

大きく戻って、貞亨元年（1684年）8月、芭蕉は四十一歳、『野ざらし紀行（甲子吟行）』の旅に出ました。（前述「夏の月」の後、『古池や』の前のこと）

野ざらしを心に風のしむ身かな
秋十とせ却て江戸を指ス故郷

旅立ちにあたり芭蕉の心情を叙したこの『野ざらし紀行』の一節は、とりもなおさず古人の跡を習おう（倣おう）とする、やむにやまれぬ気持を表したもので、己と厳しく対決しようとした真情が切々と溢れています。ここらは、深川（旧）庵焼失、甲斐へ避難、新庵再建帰庵、伊賀母歿、翌年墓参兼野ざらし行の順の出来事の身の上です。しかしそういう情況にあって既に、心の奥には俳諧刷新の覚悟が出来つつあったのです。元より親しんだ旧い俳諧へのいささかの哀惜あろうとも、心鬼にして別離せねばならぬ。それが、実母追悼の句にも「**手にとらば消んなみだぞ**」それは「**あつき**」であったのです。だけどそれを堪える「秋の霜」こそ、わが今の**実存**ぞ、と。但し情愛の人、芭蕉さん、改革の裡になお心の揺れあること、例えば、

髭風を吹いて暮秋歎ずるは誰が子ぞ　（天和二年『虚栗』）

世にふるも更に宗祇の宿り哉　（天和二年『真蹟懐紙』）

義朝の心に似たり秋の風　（貞享元年『甲子吟行』）

などを経ているのでした。心の一端に、憂いもありました。

墓参を終えた芭蕉さんは、大和、吉野の奥に足を延ばし、西行の遺跡を訪れたりし、山城を経て近江に出、そして中仙道西美濃路へと下り、井ノ口（岐阜）の西の大垣に到り、谷木因（北村季吟の同門）亭に泊まり、**大垣蕉門**（如行、濁子、竹戸など）を根づかせました。井ノ口（岐阜）の蕉門は大垣とは別で、落梧、己百らです。井の口在の低耳はいつからか解りません。芭蕉さんから手ほどきを受けた象潟以降は大いなる進歩をした筈です。少し後ですが、**落梧**は、貞享四年名古屋の荷兮宅にて、芭蕉さんを岐阜に招きました。

凩のさむさかさねよ稲葉山　**落梧**

よき家続く雪の見どころ　**ばせを**

己百は、芭蕉さん『笈の小文』旅中、貞享五年入門。

しるべして見せばや美濃の田植え歌　己百

笠あらためむ不破のさみだれ　ばせを

往年「**田植え**」を「新俳諧」に準えるのは、己百の発句に啓発されたことでしょう。「**笠**」もしかり。これらから、美濃蕉風とは、まず大垣が先と思われます。

木因とは見てきたように『野ざらし紀行』（伊勢紀行〜尾張蕉門旗揚『冬の日』）で頼り頼られ親しかったのです。それが芭蕉さんは『奥の細道』の最後に劇的な別れをし、去ったのでした。どうしたのでしょうか。**木因との確執とは何だったのか、**永年の謎でした。誰も的確に言い当てていません。以下、（宵）の独断的推理で探ってゆきます。

谷木因　回船問屋に生まれ十五歳で家督三代目相続。貞享4年（1687年）剃髪。隠宅を観水軒と。白桜下と号。『桜下文集』編む。

芭蕉さんとの関係は、前後十年程ありました。

⓪ もともと、木因と芭蕉さんは知己（季吟同門）で、相互認識があった。

① まず、延宝九年（1681）7月、木因東下し、芭蕉・素堂と会う。『千代倉家日記抄』（『知足日記』に、七月四日　大がき木因下り）とある。

② 次に、翌天和二年（1682）二月上旬、**木因宛の芭蕉書簡**。

一日　芭蕉翁より文通あり　（其の文面）

当地或人附句あり。此句江戸中聞人無御座、予に聴評望来候へ共、予も此附味難弁候。依之為御内儀申進候。御聞定之旨趣ひそかに御知せ可被下候。東武へひろめて愚之手柄に仕度候。

附句

蒜の籬に鳶をながめて

鳶のゐる花の賎屋とよみにけり

若い芭蕉さん、自慢話をする程に木因とは親しくしていたという証拠の文です。普通は禁忌とする「同字の付合」を可能にしたと、己の手柄をわざわざ手紙を出した。まず八方、俳諧心の生活をしていたのですね。

③　そして『野ざらし紀行』（貞享元年（1684）八月～翌二年卯月末江戸帰庵の途中）で、木因宅に泊ったのです（十月）。

大垣に泊りける夜は、木因が家をあるじとす。

武蔵野を出る時、野ざらしを心におもひて旅立ければ、

しにもせぬ旅寝の果よ秋の暮

④　同十月（伊勢に立つ直前、木因亭滞在の時。木因『桜下文集』所収）

能程に積かはれよみのゝ雪　　**木因**　（ツミ）　美濃の善い俳諧の、

伊勢・尾張・熱田などへも移し、辺りの革新を願うか。

冬のつれとて風も跡から　　**はせを**　両人の間　信頼あり　同行二人。

（木枯し芭蕉さん）が木因の跡を就いて行ったか。よき風なら何れ自ずからついて吹くだろうよ。この初心で出立したが、結局尾張でのみ成功したのだった。曾ては二人こんなに親しかった。

⑤　同旅、伊勢にて、

伊勢の國多度権現のいます清き拝殿の落書。

武州深川の隠泊船堂主芭蕉翁・濃州大垣観水軒のあるじ谷木因、勢尾回国の句商人、四季折々の句召され候へ

伊勢人の発句すくハん落葉川

（別伝）　右の落書をいとふのこゝろ

宮守よわが名をちらせ木葉川　　**桃青**　（木因『桜下文集』所収）

宮人よ我名をちらせ落葉川　（多度の権現を過るとて『支考笈日記』）

これにより考えるに、木因と芭蕉さんは、先ず伊勢俳人らを教化せんとしたらしい？

また遊俳の己を、**廻国の句商人と木因は云ったこと**、のちのち芭蕉さんはその謂いを気に入って、処どころで己らをそう呼びました。**萩の笠売る**など。どちらも自負と気負いが満ちているエピソードです。木因の句と芭蕉さんの句は表現が違うけれど同じ趣旨です。

しかし芭蕉さんはあからさまに行動の意思を云わず、名を散らせ（有名にせよ）と。

こうした相互の期待の裡に、木因の案内で、貞享元年（1684年）十月、伊勢から尾張に出たのでした（『野ざらし紀行（甲子吟行）』後半）。まず二人は、桑名の揖斐川畔、七里の渡し傍の本統（当）寺（真宗大谷派東本願寺桑名別院）三世の大谷琢恵を訪れています（万太郎句碑で名高い大塚本陣跡に建つ1875年創業の船津屋はその近く）。ここの住職大谷琢恵は芭蕉さんと季吟同門だったからです。（のちに芭蕉さんは新風確立に暇ないとても、屢々、いとことか古い**縁**を懐かしむような句や言辞があり、主として季吟同門を思い浮かべてのことでしょう）

その際、本当寺の庭を褒めて挨拶した句

冬ぼたん千鳥よ雪の郭公　　　　**はせを**

ちょっと解り難いが、「よ」を「は」と替えて読めば解ります。夏の牡丹と郭公（＝杜鵑）、冬の千鳥と雪を一句に配した他愛ない即吟。とくに上手くはないが、まあ一応、反逆精神は盛っているのかな。

それが、熱田に渡り寄ったのち、尾張に赴いて、俄かに、かの名吟、

狂句木枯しの身は竹斎に似たる哉　　　　（『冬の日』）

に昇華したのです。それは一重に同行した木因のお陰でした。伊勢で、木因は既に次の句を吐いていましたから。

歌物狂ひ二人木枯姿かな　　　　**木因　（『桜下文集』）**

この木因の（歌狂、木枯）の謂いを、『冬の日』で芭蕉さんは臆面もなく己の句に翻案昇華して用いました。或いはそのこと、またその余りに高い評判があったことが、のちに両者の「わだかまり」を育てたのかもしれません（**一案**）。そしてその後、数年間、木因と芭蕉さんは特段の交際なく、時は飛び、『奥の細道』の旅の終章の別離のいきさつになるのです。（疑伝か、前年貞亨五年（1688）『笈の小文』の旅の途中吟は、

来てみれば獅子に牡丹の住居哉　　　　**翁**（存疑）。

もともと木因は地方裕福の商家で旦那風であり、獅子に牡丹の風格があったらしい）それが『奥の細道』最後の大垣終着では、かつて軒昂だった木因に、

木因亭

かくれ家や月と菊とに田三反　　　　（『笈日記』）

と、懐かしみを云いつつ、もう初期の志を期待していませんでした。昔も泊まった此処は月と菊を愛でましたなあと。田三反とは己芭蕉さんの貧窮俳諧道と異なり、結構な裕

福を羨み且つ皮肉ったのです。支考は芭蕉さんが敢えて落とした句を拾いました。

●『奥の細道』の大垣への最後ごろ、既に木因の離反を知って居り，それを懸念してか、北陸から同行の曾良を先に行かせたことは先述通り。木因の様子を探らせ、また到着を予告し、足蹴にされない様と根回しし、また迎えと宿りの催促をしたような主旨だったと思います。しかし矢張り木因は北陸路へ良い返事をしませんでした。なしの礫でした。そして何故かその時大垣（か近辺）に居た路通が滋賀筋まで出迎えに来たのです。上手にいえば木因が代理で行かせたのかもしれません。或いは木因は知らぬ顔をし続けたので、路通の自前の気遣いだったかもしれません。多分後者。

そもそも何故『奥の細道』は大垣を目指し、最後に置いたのでしょうか。深川を出る時、別段それ（終着は大垣）とは示唆していません。だから、紀行の最後を、初めから大垣と決めていたのかどうか。しかし大垣には前から（西）美濃蕉門の荊口（此筋、千川、文鳥の父）、如水や濁子、竹戸なども居るので、やはり最終章としたかったとは思えます。ここらは芭蕉さん「人恋し」の心情でしょう。旧来を求めたと。大垣を最後の地と決めていて、それを人々にも漏らしていたかもしれません。だから偶然ではなく、日数を勘定して路通は先回りして大垣で待っていたのかもしれません。

大垣に寄ることは即ち木因と直接対決せねばならない。気まずい最後の邂逅となりましょう。それを少しでも和らげる手の裡として、曾良を先立たせ、路通を出迎えさせたのではないでしょうか。そういうところ、芭蕉さんは深慮しつつ、積極的な企画を施していきます(のち最後の病む身で大阪への旅も弟子の不和の仲裁を意図したことでした)。或いは木因の方から歩み寄りがあるかも知れないともするに、木因側は大垣に居たのか居なかったのか、決断出来ず、返事も出せず、ぐずぐずしている裡に芭蕉さんはもう其処まで来てしまっていたのでした。その故か、芭蕉さんは大垣に着いても、旧交あった地元の主たる木因宅には直行せず、旧来忠実な如行宅に滞在したのでした。路通の配慮でしょう。竹戸には紙衾を贈ったりしました。蕪村の絵があります。忠実な弟子 には、とことん情愛を注ぐ芭蕉さんです。**もし路通の執り成しがなく**、大垣に寄れないとならば、素通りし、彦根から草津、京ないし伊賀へ、或いは、東へ尾張連衆との再会に、回ったかもしれない(従来この可能性のことを言及した人は居ません。大垣終着を当然の定めのように考えられています。まあそれでいい)。歓迎されなくとも大垣は「奥の細道」終着と行き着きました。旅衣を脱いでから、まず公ごと、城主戸田如水との小さな俳席(翁、路通、如水の三吟『如水日記抄』)もあったのですが、何故か栄えある城主との席なのに木因は参加していません。木因には相当逡巡するものがあったようですね。しかしそれも数日の裡には木因も昔の誼みさすがに、再会し、小俳席や饗応もしたようです。

●そして十日余、滞在（厄介になり）、九月六日、**舟での別れの宴**にて

秋の暮行さき〳〵の苫屋哉　木因
萩に寝ようか荻に寝ようか　ばせを
玉虫の顔かくされぬ月更けて　路通　（この付合四吟　美濃赤坂の
柄杓ながらの水のうまさよ　曾良　矢橋木巴（木因門）の遺筆）

を伝えます。意味深の付合四句です。曾良は①半分許されて（＝柄杓ながら）さぞ水が美味かっただろう？　芭蕉さん、疑問形ながら、木因を痛切に滑稽嘲笑しています。この四吟、果たして実際あったのかどうかは疑わしい（自身記すときは　はせを　をばせを　と在り。）のですが、なかったという証拠もありません。発句と脇は欠くべからざる絶唱です。しかも木因門下の赤坂の木巴の筆という。だからあったのでしょう。本来は『奥の細道』本文に収録されるべき句々です。曾良の付句も、①の個人的ならず、②大きなこういう事情、実に上手く映しています。実感でしょう。しかし結局、紀行文は、その別れの際の翁の留吟のみでした。

蛤のふたみにわかれ行秋ぞ

これをもって、俳風・友情の最終破断としたのです。昔同志であった木因は、結局は

地方豪商で取り巻き連との日常の俳諧も旦那芸に戻っていっていたのでしょう。芭蕉さんの貧乏くさい真面目俳諧に邁進出来ず、大垣近辺の俳人を席に旧い俳諧をしていたし、それでよいこととしていたのでしょう。芭蕉さんも**句商人**と二人で演じましたが、最早木因は市振で、すげにも振った**遊女（荻売る）**と同じと芭蕉さんは観じました。そして一旦別れたら、蓋（殻・空）と身（実）は今後合う（逢う）ことなしと。実際、以後、芭蕉さんは東海道を通るとしても木因を訪ねませんでした（再訪ありとの隠伝もあるが嘘でしょう。）厳しい句でした。

この句形**（蛤の二見（蓋身）にわかれ行秋ぞ）**は、紀行文推敲の果ての治定であり、当時の書簡などでは、**（蛤のふたみへわかれ行秋ぞ）**であったらしい。同じようですが、**「へ」**はこれから（未来）のみであるが、**「に」**は未来も現在完了もあり、**「に」**の方が強い、決定的なニュアンスをいう。『奥の細道』紀行文内治定するまでに心に変化があったのです。だから、再会はしなかったと（通常は大垣で別れたことになっている）。

●でもこの辺り曖昧なのは、別れの宴での四吟の**前書**（矢橋木巴遺筆）

ばせを、いせの国におもむけるを舟にて送り
長嶋といふ江によせて立わかれし時、
荻ふして見送り遠き別哉　木因

同船中の輿に

とあることです。これを正しいとすれば、木巴や木因らは、芭蕉さんらと同船で、揖斐川を桑名長島まで延々流れ行き、**長島の江に寄せて、別れた**こととなる。**大垣で別れたのではない**。其処長島は叔父が大智院主ゆえ当然曾良はその寺に泊った。多分芭蕉さんもでしょう。（路通、如行らや木因の泊りはどこか解らぬが別でしょう）**皆二日後の歌仙行（「一泊り」の巻）に参加**しているのです。だから大垣の別離のシーンは、別れの気まずいとしても渋面沈黙の船行でなく、**多分賑わしく和気藹々**としたものであったと**（宵新説）**致します。また芭蕉さんも句にいう伊勢の二見にそのまま行ったのやらどうやら。何故行くか。急遽伊勢から桑名へ戻ったのか？　それはあり得ない。だから二見には直ぐには芭蕉さん行かなかった。二見へ別れと発句したのは、あくまでも、**文芸上の虚構（パフォーマンス）**の謂いであったのではないかと思います。

●さて、この長島での歌仙行の発句は意味深でありました。

一泊り見かはる萩の枕かな　　**路通**

これは、二日前、大垣での別れで応酬した（木巴メモ）

荻ふして見送り遠き別哉　　**木因**

萩に寝ようか荻に寝ようか　　**芭蕉さん**

と、木因が己を荻と謙遜し、芭蕉さんが故に突き放したのを、路通が、「**萩荻**と厳しく別れたけれど、一夜二夜のことで、今や木因さんも再び萩に戻りました」と執り成したのではないでしょうか。ともかく、芭蕉さんの志には、『冬の日』以来、萩と荻、本物と偽物のことが重要でありました。そのことは、弟子や関与した知人らは熟知していたのです。そして皆、己荻を恥じ、何とか萩になろう、そして芭蕉さんに認めて貰おう、真の弟子になろうと務める。しかし、なり得ないものらは脱落して別れて行くのでありました。

なお、この桑名での皆の歌仙（一泊り）には、木因二句ありますが、かつての威はありませんでした。

十句目　**ほそき聲してぬき菜呼び入れ**

（己を謙虚しているか。友情の再縁を望んだか）。また

十五句目　**きぬぎぬのしり目に鐘を恨むらん**

（中途半端な別れを恨むか。越人と芭蕉さんの恋句応酬に似る。しり目？）

そして翁も貝を拾ったと詠んでいます。

十三句目　**さまざまな貝ひろふたる布袋**

（これは『冬の日』（銀に蛤かはん月は海）や象潟の蚶貝の一連話を挽き、その貝

（二枚貝）案じの布袋に、木因貝も含めたことか。なおこの句、のち凡兆が「（さまざまに品かはりたる恋をして）」（『猿蓑』「市中は」元禄四年）に奪いました。）

二十七句目　**田を買うて侘びしうもなき桑門　ばせを**

（桑門はよすてびと。これは木因の剃髪、先の（田三反）の嫌味をいうか）

●こう詳細に観じますうちに、大仰な大垣終章の書き方、俳風の変化で断絶せんとしたのはその通りですが、それはまた芭蕉さん**「紀行文」での隠し、遊び（劇）**ではないかと、昨今考えるに到りました。理由は、『奥の細道』は数年かけての推敲文であり、**虚実織り交ぜ、真実を省略し（隠し）ての「文芸」**に仕立てたのであり、全てが即事の実記とはいえないからです。

見てきたように、むしろ文芸、**出だしと終末の、対の構成の美**（後述）には、意欲を掛け、いや掛け過ぎていると見えることから、木因との悲劇の結末のことも、その劇に仕上げる虚構か、とも思考するに到るのです。ただ、若い時の強固な友好（情）関係は、相互の生活の差の隔離からして、俳諧の在り方や作風を含め、自ずから、別れざるを得なかったのは事実でしょう。木因（亭）、かつて、**「来てみれば獅子に牡丹の住居哉」**（『笈の小文』存偽　貞亨五年（1688））と詠み、終には、**「かくれ家や月と菊とに田三反」**（『奥の細道』翌元禄二年（1689））と観じたのです。いずれも木因の**「家」**をもって人を吟じています。家や笠が大事なのでした。（象潟での低耳の句も、土地の称名を消し、蜑の家と、家へ直したりしましたね）。

ともかく『奥の細道』は、冒頭の**「行く春や」**から始まって**「行く秋」**と結び、**「鳥啼き魚の泪」**の情は、**「蛤の蓋実（身）の分かれ」**と終わらせました。出だしで雛の家を自己否定したのですが、それはどんな家と決別し、どういう新しい家を造るのかは芭蕉さん黙しました。旅の最後に大垣木因の別れという筆で、それを象徴したことになるのでした。**「荻の家」は捨てるよ**　と。誰にも判りあからさまに非難したかのような筆、木因を此処に持って来たのは、或いは、昔の同志・相愛ゆえ、書き易い、書いて許されようとの　暗黙の間柄だったかもしれません。文芸の芸でした。

●『奥の細道』の旅は、いつもの一人旅、己の心との同行二人でひそと行きひそと帰ったのではなく、行きも帰りも**お祭り騒ぎ?**に送別（かつ留別）の会がありましたよ。最後には、別れの舟での遣り取り（パフォーマンス）もあり、それらと「蛤の」句の締め括りは、如何にも大芝居の舞台のようでした（ここらは（宵）の独断です）。そして、**『奥の細道』の技巧的なこと**（左のような技巧を凝らせるのは実より虚重視なのです。**（出発）**は、杉風らとの**（別離吟）**で　**（鳥啼魚泪）**の　**（行く春）**

（**帰着**）も、木因との（**別離吟**）で（**蛤の蓋身**）の（**行く秋**）どうです、対象見事な紀行文の構成構造ですね。句も洒落ています。即吟で出来る句と構成ではありません。両句とも内実は、**俳諧の在りようのこと**でした。どういう別離の句にするか、それぞれ事前に数日は考え、推敲の果ての句でしょう。魚鳥に託し、蛤に託し、凄い別離の（起点・着点）の句でした。パフォーマンス充分です。**文芸を成した**のです。芭蕉さんだけでなく、二人のパトロン、江戸の杉風、大垣の木因らも、それぞれの文芸上にて**別離のパフォーマンスに参加**し、盛り上げたのでした。木因とは「蛤、その虫が合わず」と別れたこと、これは「詞付」です。

更に**構成の対称の巧み**は、右に留まらず、

（**出発**）　江戸の**新都**　　深　川を　　舟で　**見送ら**れ　**千　住**　へ発つ

（**帰結**）　大垣の**旧鄙**杭**瀬**川支流水門**川**を　　**同　　同　　二　見**　へ発つ

と同趣でありながら、語句を対照的に遣っています。深川と瀬川（深浅）、また（千）と（二）、（住）と（見）も、それぞれ（長vs短）の対称語でしょう。

そのころ陸路＊は、中山道の美濃路（垂井宿）から東海道（宮宿＝熱田の桑名への海路七里の渡し起点）へ通し、水路は西美濃の杭瀬川（＝揖斐川本流の東漸による旧跡川）

の船下り（上り）は、往来結構繁忙でした。ここらは飛騨から落ちて来る豊富で無差別の水流が形成する低地で常に洪水しました。いわゆる「輪中」の発展は自衛手段です。杭瀬川付近洪水多発地区の一部を絞り水門川として**川湊**も設け、回船問屋を認可して物流の元締めをさせたのが、関ケ原合戦直後の大垣城城主戸田氏でした。これら諸川は飛騨からの清流長良川と暫く先で合体し、更に下って信州からの木曽川がこれに合体し、桑名の伊勢湾に注ぐ交通要路です（なお揖斐川長良川木曽川を木曽三川というようですが、河口をいうなら**美濃三川**というべきです。又かつては信濃は美濃でもありました）。なお昔は大川には橋はありません。渡舟（または中小の川など舟の浮橋）しかありません。＊＊

そういう大垣の街中、岸辺の川舟での賑々しい（演出の）別れの宴は、一般の街人が佇み、他の舟人らも多く傍を通り、興味をもって眺めたことでしょう。そして芭蕉さんの乗せた船は、そういう人々の舟船と前後しつつ、川を下り桑名に向かったのです。句だけからは孤独な別離を想像しがちですが、現つには、賑わしい光景だったと（宵）は見ます。でなければ、芭蕉さん発する句があれほど生き生きと弾んで躍っている訳がない。芭蕉さんは、こうしたパフォーマンスが嬉しかったのです。祭りやその仕掛けを企むことが好きだったのでしょう。

＊濃尾平野を通す陸路のこと。中山道（中仙道）や東海道は、今日の常識と結構異なり、昔の街道も中仙道が主で（東海道のように川止めがない）、明治になってからの鉄道敷設も、東京～京都の主線を当初は中山道が計画されたのです。しかも先行する工事は、近江の長浜から関ケ原へ着工し、更に大垣まで延伸したのです。のちの東海道線の名古屋からは、直北し岐阜（加納（城下町＝青宵生育地））を通り、西へ折れ大垣と結んだのでした。

尾張は広域をいいます。名古屋、現在は大都会ですが、江戸時代は東海道を少し外れ、狭い地域を呼びました。江戸より下り、熱田鳴海（宮宿）から海路で七里の渡しで桑名へ上るのです。これを陸路に取るなら、名古屋を抜け脇道「佐屋回り」し、佐屋から木曾川下流を川舟で下り、一旦中洲の長島に上り、長良・揖斐川と、三川を舟で渡り、大川を舟で渡り桑名に上陸するのですが、三里の渡しともいい、七里の海路よりは天候など不順でなく、好まれもしたのです。

また近江へ抜ける東海道線も、関ケ原より先の琵琶湖は湖上を通す原案でした。つまり今の北陸線が長浜、米原彦根と通るのは後年の事、芭蕉さんも北陸より大垣に入るのに、敦賀～（琵琶湖東岸沿い）長浜～（伊吹山下）関ケ原～赤坂～大垣と入った筈です。赤坂宿の南方の大垣は、狭い意味では中山道からは少し外れていました。

＊＊蛇足ですが、**千住大橋**について付言します。芭蕉さんは『奥の細道』の旅出発を、湿地帯の深川（杉風の採茶庵）から（仙台堀）を舟で遡及し、墨田川対岸の千住で岸を渡り、その後は徒歩で進んだといわれます。しかし**何故船で出かけたように読める書き方にしたのでしょう**。前途の長きを思えば、深川から千住までは、ほんの距離（約二里）です。しかも研究者の多くの人も忘れている？ことに、この頃とっくに千住には、六十六間の**木造大橋が架かっていた**のです。この橋は戦国時代直ぐ後、家康が江戸入府間もない文禄三年（１５９４）に架けられたのです。芭蕉さんは元禄二年（１６８９）に『奥の細道』へ旅立ちましたから、ほぼ百年前です。往来は賑わっていました。徒歩なら、独り歩きは気兼ねありません。でも船での別れが文筆上（虚の実）必要だった。

先に見て来たように、この出発と大垣の終局、**見事に対比した構成美**で綴られました。芭蕉さん渾身の五年間の推敲なのでしょう。それは一旦うべなうとして、**対称にならないこと**がありましたよ。それは見送り人らの様子、交わした俳諧ごとなどが『奥の細道』本文および纏わる関連文書でも、出発の事情はさっぱり残されていないのです。ただ「**行く春や鳥啼き魚の目に泪**」という、如何にも留別悲しい趣旨らしい感じの句のみです（句の解釈は別途致しました）。最後の大垣では、あれほど皆が気遣ってした句々や付合や二日後の合同歌仙などがあるのと較べると大違いです。深川堀で「**親しきが宵より集い**」

とあるのみで、**本当に皆に深川から千住へ船で送られたのか？**誰が何を云ったとか、どういう送別の句を詠んだとか（句なし）、ともかく出発時の人の顔や息遣いがさっぱり見られれません。

思い起こせば、芭蕉さんの命を受けて若い支考が再度の奥州蕉風教宣の出立時（元禄五年）の様子です。多くの弟子知人から餞別やら心遣いを、そして何より師の芭蕉さんからも**「このこころ推せよ花に五器一具」**の諭しの餞別吟を貰いましたし、兄弟子其角からは謎句**「まんじうで人を尋ねよ山桜」**など、貰ったのでした。そういうのが普通です。

そこで考えること、先に申したように、芭蕉さんはそれらを嘘は書けないので**省略法を用い**、しかもそれが目立たぬような細工を施したのです。それは**「月日は百代の過客にして行きかふ年も又旅人也…」**と大上段に振りかぶった余勢で既に何をか云わんやと、人情句々、下世話なことなどはわざと省略したのです。目立たない高級文章作りでしたよ。しかもここに、既に解明しましたが、「弥生の末の七日、曾良文の**廿日同出**」の謎を上手く隠したのです。

●（宵）もう既に処々で大胆に発言しました）

芭蕉さんの出発は、船での千住揚りではなく、実は、朝一人で、舟揚り（か徒歩）で、発ったのではないか。何故出発点が千住と云所でなければならなかったのか。それは、

（p207他で）種々解明してきたように（これ新説です）、

草の戸（＝雛の家）を代替りし（＝旧を捨てて新を求めねばならなかったこと）

＝（イコール）小舟で揚って、千住の旧を捨て　いざさらばと発つこと

の**具現演出が必然**だからでした。これで『奥の細道』の筋（初志・大事なこと）が一貫したのです。曾良も居させません。大垣の木因との「蓋と実」の別れも、イコール「草の戸・雛の家・千住の別離」なのです。これを見破らねば、読んだことになりません。（しかも見送り人の当日談、その後談、留守談が皆無なのです。船別離は虚。）

ま、大垣ともかく、「**蛤の二身（蓋実）に分れ行く秋ぞ**」と、文芸上、句末に「**ぞ**」と強い意思表示で決別したのです。木因への辞言であったことは間違いありません。『**奥の細道**』**の旅は、邂逅と別離の旅、希望と挫折の旅**であったのですね。思えば昔、『野ざらし紀行』で美濃大垣に身を寄せ、木因や連衆に期待と好意を抱き、してその時は、

死にもせぬ旅寝の果てよ秋の暮

と、息よろよろと詠んだのでしたが、『奥の細道』最後のくだりでは、死ぬことなんぞとっくに忘れ？

蛤のふたみにわかれ行く秋ぞ

と、**意気軒昂**に決別したのでした。芭蕉さん若いですね。これらは（宵）の最近の考え

です。大垣の人、井口の人、尾張の人らのお集りに於いて、宵、このような最近の思い付きをお話しました。どうか皆様の発展したお考えをお寄せ下さい。

●その後、翁は、伊勢遷宮を参拝の後、尾張で荷兮に逢っています。越人宅へも両度。(荷兮や越人、杜国、支考らとは芭蕉さんは生涯慕い合いました。曾良とも再び交わって俳諧をしています。但し同門の筈の越人は、支考に噛み付いて両者議論の応酬をしたりしました。それは同門の忌憚ないゼミナールの延長の筈が昂じての、いじめ・喧嘩でした。尾張の露川も、北陸の支配に絡んでか、争いました。文芸の系統とか、仕方のことなどは、とかく難しいものです）その後、芭蕉さん、木因へは、一緒に伊勢で遷宮を拝むことが出来なかったのを残念がる書簡を送っています。だから大垣の別れは、完全な絶縁かといえば、一割を残し、九割のそれであったかと。

江戸深川への帰着は十一月十三日。杉風ほか弟子らと報告の会やら歓迎の会が賑やかに晴れがましく続いたことでしょう。胃が丈夫でなくちゃ持ちませんね。それらの記事なし。これ、即ち江戸帰着が、本来も実際も、『奥の細道』旅の終末である筈です（却って江戸をさす故郷)。尤も大垣以降のことは、「奥」でもなければ「細道」でもありませんから、この終末の記事でよかったのでしょう。紀行、何故大垣で終わっているのか、の疑問には様々な答えがありましょう。それは右に見たように、**決定的な別離を強くい**

う為、**文芸としての盛り上がりを最期の筆に見せて終えた**のだと（宵）は見ます。**萩の主張が旗印**の翁だった、終始そうだった、**萩は捨てる**　と。それ『奥の細道』とは、かつての『野ざらし紀行』『冬の日』のいわば**続編**で、その**結着**をいったのではないでしょうか。

●なお、**（かくれ家や月と菊とに田三反）**の解釈は、未だ学界立説はないことながら、**芭蕉さんは木因とも男色的な関係があったかもしれない**と（宵は）推測します。その両者の隠れた関係を暗示する（月と菊）として、「昔あの頃は、俳諧修行も恋の関係も蜜月関係でしたなあ、貴殿はちょっと裕福な生業（田三反）でしたがね」と、（今次、木因の冷淡化を前にして）木因への残情を惜しんだとも羨みとも皮肉とも解し得ます。田は背後に家屋敷、生業を意味します。音韻は、田、殿、**でん**　は臀と、繋がりますよ。三反とは三度ほど交渉があったか？「**とに**」の措辞は絶妙です。月になり菊になりと。これら愉快な想像の範囲です。

こうしたこと、山中温泉で北枝・曾良との三吟俳諧「やまなかしう」の中では、（非蔵人なるひとの菊畑）の付句翁吟もありました。「菊」の字は、それを意味する隠語です。

なお芭蕉さん発句の

山中や菊はたをらぬ湯の匂ひ

は、もしかしてひと月ほども付き纏う北枝に当初その関係を期待しての添行だったかもしれません。しかし野武士風情の剣もほろろのことにて、失望させられ想い成せなかったとは勘繰れます。（菊慈童などの伝は、こじつけ臭いと観じます）。

木因をいう諸句に、**「月と菊」「月と梅」**などの象徴的字配りを多々見ます。木因自身にも後の回顧（後述）にも「月と菊」の語を平気で遣っています。**当時は忌むことではありませんでした。むしろ男同志の誇ることだった**節もあります（信長と小姓蘭丸も）。昨今、ＬＧＢＴとかが飄々と世を渡っています。それを否定する方が、非民主的、非文明的、弱者少数者救済せずと非難されもする風潮です。いろいろ考えさせられます。それはともかく、翁の「貧窮くそ真面目」な俳諧関係は家業もあり、辞めて、世間的な俳諧（貞風）（荻）を、地元の俳人たちを愉しくし重鎮に収まっていますな　というのでしょう。（古池の蛙に戻る）。

●更に　**重大発表**　致しま～す。

芭蕉さんは尾張の『冬の日』の座で**杜国**に逢いました。一見して、「菊の男」と見分け、以後死ぬまで愛（男の誠の）したのでした。杜国とのこと、ここ迄は、芭蕉さん学界でも既に見破っていることです。**（ここから先は（宵）の独断です）**。それが**運命回って、**

木因を突き放す原因となり、木因は恨んだと？ 芭蕉さんを伊勢から尾張になんか紹介しなければ良かったと？？　仲違いの原因、三角関係充分納得出来ます。

大垣木因との不和、別れは、表向きに俳諧姿勢のことらしく学会では読み解きますが、それだけでなくこうした裏に秘する或る**恋愛的関係（三角関係）の嫌気**からの別れが主因だったのではと推測します。ただ俳諧の風の問題だけで、別に**論争もせずに、強く別れねばならないとは考えられない**からです。まして木因は蕉風寄与といえど、愛弟子ではありません。市井の経済人です。でも男同士の恋は誠実一路で、遊女の生き方（たつき）を容認せず、それが裏切られたら、**蓋と身**別れるしかない。（曾良や北枝などのような？）勘当とか喧嘩別れ（＝今までの筋）ではありません。ただ、北陸から大垣へ行くだけのことを、あれだけ恐る恐る行動をしたのは、こうしたことを裏付ける、と見るのです。こうした推察をすれば、多くの疑問が解消するようですよ。

草の戸を雛の未だしの家だとか、萩荻を分け、船と舟を分けて人を乗せ、馬じゃ、野じゃ、横じゃとか、又せっかくの美しい恋句を恋句じゃないと見破ったり、佐渡へ天の川を渡さなかったり…又大因とその別れの因を暴いてしまったりし、ずいぶんあちこちと **ゴメンナサイ　芭蕉さん　丸裸** にしました。

なお、『奥の細道』の旅は、**「軽み」**の発見で重要の旅と評判です。しかし見て来たように、

荒海や佐渡に横たふ天の川
蛤のふたみに分かれ行く秋ぞ

など、正に「重み」の絶唱が目玉でした。軽みとか重みとか、不易とか流行とかの言葉を、ご存じの方はそれで宜しいが、初心の方もお出でですので、少しお話します。

芭蕉さんの**本領は、重みの俳諧心の表現**であったのです。右に見てきた大垣木因の俳風や市振での新潟遊女のことなどは、「軽み」を論ずる前のこと、つまり、とことん、「重きこと」を狙え、という主張のことでした。（市振遊女の句の**表現は「軽み」**でしょうが）。ことに芭蕉さんは、旧い伝統の俳諧のマンネリ脱出を心に重く思量したことで、万人向けの「重き」推奨ではありません。**「軽み」は時代が促す流行**であることを察知するとしても、それは最早、芭蕉さんの為す仕事ではありませんでした（宵）。実際、「軽み」をとことん追求したとか、またその成果を充分世に広めたという訳ではありません。**自分が「重み」本領人だったので、そう云っただけ**のこと。僅かに『炭俵』の連衆など近代商業社会の徒から数人を得、教え、集も残したことが、その「軽み」の一部を収録する遺産でした。芭蕉さんの生涯は余りにも短く、大きな運動の幾つもを、考え、主張し、試行錯誤しつつ完成する余裕は、最早ありませんでした。その後の俳諧の歩みは、芭蕉さんの責任ではなく、後世の仕事であるべきでした。ところが後世、芭蕉さんが唱えたとか、軽みと軽い句を取り違えて、凡そ軽い句、只事句をするのでした。
　俳諧連句の**付句などの表現**には、それ「軽み」は、間々、いや多く見られるとしても、発句にしろ付句にしろ、意図・志を、晦渋の技で為し、表面軽く仕立てたとしても、芭蕉さん、実は、重い句・重みの句を吐き続けた人であったのです。それでその時代の人、いいではないか。**「軽み」なんて、たかが「風（味）」のこと？崇高たるべき、革新たるべき「文学理念」などになるものではない**でしょう。どんな文芸でも、誰の作家にも、「重み」「軽み」などは、生涯にまた一時に、交代してあり得ることです。前に重みを為して来た由来ならば、殊にいえることでしょう。「風」の「軽み」を「重んずるべき」や「軽んじる」べきや。その後の時代の流れで、それらはどれだけの文芸的興味を掻き立てたでしょうか。（軽み～軽い句）は、下手すると、凡々たる只事俳句に堕ちます。
●「軽み」という云い方も少しく解り難いので、古来の解釈説明も余り万全ではありません。例えば、まず芭蕉さん自身の謂いで**「今思ふ体は浅き砂川を見るごとく句の形、付心（つけごころ）ともに軽きなり」**（『別座鋪』）と如実に説きます。これを見ると、先ずは「体」のこと、その範疇らしい。見る　と解いています。そして「付心」に及びます。態度でもあります。
　また、**「木のもとは汁も鱠（なます）もさくら哉（かな）」**に対して「花見の句の、かかりを少し得て、軽みをしたり」(三冊子(さんぞうし))という芭蕉さん自身の解説がありますす。その通り、**句の形と付心のこと**なのです。付心と心は違いますよ。「心」とは普通、思うこと、だから意味内容と置き換えられましょう。「心付」とは、連句に於て、前句の「意味内容」に依拠して付け作る方法です。同じような言い方ですが「付心」とは、付け方の方法ではなく、得るべく対処する態度のことです。その結果が「軽み」の句になるのでした。重要な内容、重い内容にも拘わらず、その表現をひたと正面に突き進んで作るのではなく、**軽くいなして付ける在り方(態度)**といえましょう。

こうも平たくいえば納得出来ましょうか。軽重を順に並べると、**重い句～重みの句↓↑軽みの句～軽い句～(只事俳句)**。その、**「み」**は、何がしらそれに近い、沿う感じです。表面の印象が少し和らいでいる謂いです。議論で問題にするのは、芭蕉さんのいう「軽み」で、真意は**「重い」ことを主張するのに、表面は平易に軽く仕立てた句を「軽み」というらしい**。下世話にいうと、これは**(滑稽・おどけ・幼な・明らかに分るウソ)の表現を借りることが多い**。(一方「重み」の句は、「重い」句とほぼ同意義でしょう。あまり意識しない議論の範疇です。下手に試みても駄作でしょうから)。句により、人により指し方が逆にもなることを思えば、絶対的基準ではなく、主観的扱いを前提としているのです。

しかし、このような通常の説明で済ますのは、かなり乱暴です。実は「内容の軽重」のことと、**「志の軽重」**を分けて考えねばなりません。内容の軽重（複雑、理解）のことは容易で、軽いか重いかだけですね。志の軽重もそれはいえるのですが、問題は、**「志の高さ強さ」**に関連することなのです。志とは、「思想、主張、執着、念願」などのこと。例えば己の「重要とする志」をどう表現するかということなのです。直截的にそれを表現すれば**「重い」**句になります。真正面から「不易の真」を句に成功すればそれは当に「重い」句です。印象が、どすんと腸に沁み込み感動させられましょう。それを晦渋したり、他のものや情景に仮託し、間接的に表現するとすれば、読者は少し時間を掛けつつ理解し納得する訳で、句はやや膨らんで**「重み」**を感じる。それは吟者の思惑（狙い、責任）の中です。もしかすると**談林**の表現もそうかもしれません。いうべき中味は大したことでない、或いはちょっと穿って面白いことぐらいのことを、わざとひねくり回した重々しく表現して見せる、など。

「軽み」を狙う＝俳諧風味（滑稽・おどけ・幼な）で嘯き、読者がどう取るかまでは、**吟者は責任なく言い放つ。つまり、既に吟者の心が軽い**（無責任）風のよう、これを**「軽み」の仕立て**といいましょう。言い換えれば、**重い、重みは青年、成年の為す為したい**

こと、軽い、軽みは老年の処し方かもしれません。芭蕉さんが「軽み」をいい出したのは、老境になってからであれば、実はそれは自然のことでした。そして誰でも老境になれば、そういう傾向になるものです。だから（宵）は、「軽み」などというもの、「風体」の姿や味のことを、誰かの発明のように金科玉条に据えるのは如何と申したのです。先に**「涼し」**に言及しましたが、それもそうなのです。

先述もしましたが、『三冊子』（土芳）で、「花見の句の、かかりを少し得て、軽みをしたり」と芭蕉さんのいう句に

木のもとは汁も鱠（なます）もさくら哉（かな）

がありました。「かかり」とはヒントでしょう。表現の右のような作り方という程度のことでしょう。そうに違いないでしょうが、土芳の伝えは万全ではありません。この句は「軽み」なのでしょうか、いや「重み」なのでしょうか。それは、**心に何を思って詠んだか**が抜けています。**それにより「軽み」にも「重み」にもなる**のですよ。単に花見の叙景句とすれば、**「軽い」**句で、上手に観察を句作したことでしょう。いや何か心に思って、それを責任軽く詠んだとすれば、例えば、（用意して来た折角の馳走の思いがけず汚す？花びらも、残念どころか、花見で艶ではないか）というぐらいなら**「軽み」**の句でしょう。更に芭蕉さん、秘めた何か重い心を読者晦ます謂いであれば、それは**「重**

み」であった筈。例えば本稿の趣旨に沿っていえば、「新俳諧も、余り「談林」のように逸脱せず、貞風の元（木のもと）にての新工夫ぐらいのことであれば、句々、花の栄がありますよ」といわんとしたなら、それは実は「重要」なこと（主張）で、花見の浮かれた情景にいいなして仕留めた、いうに「軽み」を為した句と。だけどそれ「重み」の句といえばいえないことではありません。つまり、軽み・重みのことは、**主観的な物差し＝謂い方**なのです。

芭蕉さん、開眼したといっても、実は全てを軽くは、付句では出来ても、発句ではよく出来ませんでした（沢山駄句もありますよ。）。**発句とはそういうもの**だからです。『野ざらし紀行』とか『冬の日』とかは古い弟子も考えられる範疇ですが、後年の『炭俵』に代表される「軽み」には、当時の連衆が（去来ら筆頭に）古い作り（実は哲学）に固執し、真から就いて行けなかったといわれます。しかしそのことは、彼らに責任はありません。去来は去来、其角は其角で生きて行ったのです。また元禄の以後も連綿と、芭蕉さんの初期に為した『冬の日』の作品を、愛し研究し続ける人が絶えないのも、皆、その「重み俳諧」に毒され？魅惑されていることなのです。こうしたこと、趣向や好みは、何も一方だけに、全てを傾けねばならないというものでもありますまい。今日俳諧、時々に応じて、発句や付句に、種々為して研鑽し愉しめばいいことなのです。**俳諧は誹**

諧。滑稽が本位です。嘯きには、「重み」「軽み」をこき交ぜて、さくら花びら、汁椀に散り込ませ、するする、ぐいと呑めば宜しい。但し滑稽は、本位に逆らい、規範を足蹴し、実存をいう　とだけ、忘れないことぞ。やがて発句から、軽い俳句全盛時代が覗いているのでした。一方「流行（宵の解釈では、実存のこと）」の唱導はよかろう。それは何時の時代でも、文芸者の「理念」「主義」に価するからです。ことに時代に生き、時代に生かされる者、俳諧人であれば、大いに時代の、流行の個別の実存を丹念に拾い、詠み尽くすべきでしょう。

（十一）

『冬の日』の謎　正平　羽笠　岐阜山のこと

さて、口筵も終わりに近づきました。初めの『冬の日』のところで大いなる疑問を呈しました正体不明の捌き役、正平や羽笠の**正体、本当は誰**だったのでしょう。

考えを大いに飛躍させますよ。それ、芭蕉さんを伴って尾張に紹介した張本人の、大垣の旦那＝**木因**であれば面白い　と。どうでしょう。でも変名して二人ともとは、そうは問屋が卸すまい。羽笠は尾張の実在者＊ともいわれます。但し実在者としても、表向き『冬の日』のはじめの三座にはその名の人居らず、敬意を表しての、虚名参加だったのか（**ここまでは、**そうして置きます。ここまでも本邦初の全く興味万全の推理ですよ）。

羽笠うりつ　は、途中の第四歌仙から参加し、輿に乗ってか最後まで居て、吟も増やし、終には『追加』にて主旨説明の発句までしました。残された版の名配を信ずればそうです。なお二年後に編まれ刊行された荷兮の『春の日』にも参加しています。

吟句面から見ると、羽笠はかなりの上手であり、『冬の日』参加連衆の中では、当日蕉風への傾倒（志向）の、しかも**最も激しい句柄**を見せました。しかし**何故**、第一から第三までの歌仙行に参加しなかったのだろう。偶々、生業ないし家内事情で、初日などに都合が悪かったのだろうかなど、見逃せない**大きな疑問**です。

俳諧大辞典（明治書院）の記事は、**うりゅう**。俳人。蕉門。『冬の日』の連衆の一人。通称、橘屋弥右衛門。尾張熱田中瀬町住。代々羽笠の俳号を嗣ぐ。『冬の日』羽笠は二代目で、享保十一年没。八十歳ばかり、とあります。享保十一年（1727）没で八十歳とすると、『冬の日』（荷兮編　貞享元年（1683年））参加当時は、44年前だから、まだ三十八歳。「ばかり」という範囲で考えると　三十五歳から四十歳前後ということになりましょう。ただ羽笠に関する文献は殆どありません。

・実際当時の熱田の主要俳人（桐葉や東藤、工山）らと翁の四吟歌仙「海くれて」、「馬をさへ」（四吟付合）、桐葉と翁の付合「檜笠」など（以下通称『熱田三歌仙』『皺

箱物語』収録）その

海くれて鴨の聲ほのかに白し　芭蕉発句の巻に、羽笠は参加していない。

・その翌年春の（芭蕉さんはこの冬から初春の数か月、尾張や熱田、鳴海に滞在したか）

（連衆　芭蕉、叩端、桐葉）にも、羽笠参加なく、

何とはなしに何やら床し菫艸　芭蕉発句の巻

・同時期らしき六吟歌仙（桐葉、芭蕉、叩端、閑水、東藤、工山）にも、

つくづくと榎の花の袖にちる　芭蕉発句　羽笠参加の名がありません。

・のちになりますが、貞享四年の、熱田での、

ほとゝぎす爰（ここ）を西へかひがしへか　如行発句＊　の八吟歌仙（如行、

叩端、閑水、はせを、桐葉、東藤、工山、桂楫）にも羽笠吟なく、（＊

如行が熱田での蕉風旗揚げを画策した模様だろう）

・同年十一月五日　鳴海　寺島業言亭での「千鳥掛」歌仙

京まではまだなかぞらや雪の雲　芭蕉発句の七吟（芭蕉、業言、知足、

如風、安信、自笑、重辰）にも、

・翌六日、鳴海　如意寺会での興行

めづらしや落葉のころの翁草　如風の七吟（如風、芭蕉、安信、重辰、

・その翌七日　根古屋加右　にての俳諧（三歌仙）のうち、
自笑、知足、業言）にも、
星崎の闇を見よとや啼千鳥　**芭蕉**発句　の七吟（芭蕉、安信、自笑、知足、業言、如風、重辰）にも、**羽笠の参加はありません**でした。

・但し　翁不参加の『春の日』第二歌仙には参加（七句）、又発句集にも一句あり。

鯉の音水ほの闇く梅白し

・また『猿蓑』に次の一句あるも、何という句ではありません。敬意を表しての入集か。

雪の日は竹の子笠ぞまさりける

●こうして見てくると、**羽笠も存在薄く**、**果たして実在かどうか**怪しくなってくるのです。辞典でも不明、伝、参考とする、つまり**架空人物や否や**と疑えるのです。であれば、羽笠とは、

ⓐせいぜい好意的に類推して、実在者としてなら、熱田の古くからの俳諧の家柄故、名を重んじ、遅ればせながら『冬の日』の席に呼んだのか。そして実際は、正平と同じく、席上席下、荷兮や芭蕉さんらの手直し吟で名を連ねたか。△

ⓑ或いは多分、いや絶対、世に実在としても、羽笠などという人物は此処の『冬の日』座に居らず、正平と同じく虚名だったか。△

などの憶測も出来るのです。ⓑと推測すべき根拠は、正平・羽笠の両者、この巻の執筆役どころの吟としては、まずは無難～立派と残りますが、他日他所の俳諧の座に、目立った句業（記録）がないことです。

それに比べ、（有明の主水）と荷兮や連衆からも嘱望された**野水**を見れば、直後の荷兮編の『春の日』にも、次の『阿羅野（曠野）』にも相当数入集あります。殊に後者には、発句も多く、『白氏文集』からの詩題を得ての十六句などあったり、歌仙への参加もあり、落梧との両吟もあるので、実在は確かで、『冬の日』以後も精進の姿もうかがえます。

●なお、荷兮編**『春の日』**について付言します。二年後の集ですが、最早、『冬の日』の激情は見られません。三歌仙（翁不在）＋追加、と発句集（春夏秋冬）の編成です。但しその中に、芭蕉さんの、かの重要な一句が収録されているので無視出来ません。

古池や蛙飛こむ水のを（お）と　**芭蕉**

なおこの口筵では、それより大事なことと思うのですが、

翁を宿し侍りて　と前書し、

霜寒き旅寐に蚊屋を着せ申　**大垣住　如行**

の句を、荷兮『春の日』がわざわざ収録していることです。このことは、後年（元禄八年刊）の**支考著『笈日記』**に

貞享元年の冬　如行が舊第に旅ねせし時　（が　の）

とあり、右の発句を承ける翁の脇吟で

古人かやうの夜の木がらし　　**翁**

を残しました。「**舊第**」とは、誰の、昔の、どこの屋敷のことなのか。それは『奥の細道』帰着の際、大垣如行の旧屋敷に泊る、そして不首尾にも木因と別れざるを得なかったことだったか（甲）。或いは如行の旅ねの意味で、如行旅先のどこかのこと、『伊勢行』の後、如行が行った熱田のことではなかろうか、熱田で旗揚げ不首尾だったとも推測するのです（**乙**）。如行が（同行したかな？として、伊勢から木因と別れ、尾張より先に、芭蕉さんを連れて行った熱田では）、熱田蕉風旗揚げの意義のようなことは、結局成らず仕舞いでした。で、右の句は、熱田へ如行は使者に立ったが成らず、そのことを申し訳ない、と翁に謝っているのではないか。如行は大垣藩士の武士。礼節を重んじた人でした。それを翁は、「**革新**などというものは中々成らないものだよ。故人も皆苦労しているのだ、失敗だらけの志なのだ」と、如行を慰めているように思えます。

そうやあらぬや、その間、**木因**は如行と別れ、尾張にて、荷兮らへ「尾張蕉風旗揚げ」を勧め画策し、それに荷兮らは意気投合し、**準備万端**で、野水亭主にして『冬の日』興行を為し、奇しくも成功しました。どうやらそれがまともな筋のようですね。何故、熱田では「芭蕉さん旗揚げ」が成らなかったのか。其処らの連衆は既に俳諧に熟して居り、蕉風、その旗揚げの誘いに、素直に就いて行くことが出来なかったのではないか。或いは芭蕉さんは前から熱田の連衆とは懇意でしたし、連衆にしてみれば、殊更、旗揚げではなかったろうということでしょうか。或いはやはり、如行の武士の商法?では成らず、一方は木因や荷兮ら商人の力、企画力、準備力の為せる業だったのでしょう。外からの働き掛けだけではなく、裡の強い興味と意欲がなければ何事も成らないものです。

そういう意味でいえば、荷兮を除く尾張の連衆は、まだ初心、未熟であって、芭蕉さんや（荷兮や木因らの）**誘導のまま**、若い意気の勢いで偉業を成してしまったのではないでしょうか。又荷兮の若い者の教育応援の意欲を感じます。先に解明した荷兮の吟で、有明の主水を、野水としましたが、或いは、この尾張の若き連衆全員を指してもいえるのかもしれません。翁去りし後は、だから世に、もう二度と『冬の日』、『冬の日まがい』すら、連衆の誰も、出来なかった。（でも、また、もし熱田の連衆も尾張の連衆に同席し『冬の日』の座を為したとすれば、どんな『冬の日』が成ったことだろうか、など、想像するだけでも愉しいのですが。。。）

●詳しく申しましょう。そもそも大垣の**木因**は、この尾張へ来る前段、伊勢の旅へ芭蕉さんを連れ出し、そのついで？に尾張へ行き、**連衆に芭蕉さんを紹介だけして、密そと尾張から消えてしまったのでしょうか。**座の成り行きが心配ではなかったでしょうか。その『野ざらしの旅』の一部に当たる『伊勢行』は、芭蕉さんと木因が連れ立って行った（如行も一部は同行したかは不明）のですが、明確なる伊勢への旅の目的は明らかでありません。**何か時間待ち、誰かとの約束の返事待ちの時間つぶし**のような印象がするのです。そうだとすれば、「蕉風旗揚げを尾張で」との目論見、下打ち合わせが事前にあって、つまり**木因と荷兮が密かに**合意して、そのいささかの尾張方の準備などの段取り時間待ちをしていたのではなかろうか、と推理するのです。

しかし運命は奇特です。その待ちの時間的余裕に、木因に優れた句

歌物狂ひ二人木枯姿かな　（のち　密かに載せる　『桜下文集』）

が案じられ、それを芭蕉さんが有難く？趣意も語も戴いて、『冬の日』冒頭の発句とし得たのでした。それ　発句

狂句木枯しの身は竹斎に似たる哉

が木因原案であったとすれば、芭蕉さんは臆面もなく、発句を自句としたことになりま

す。いやそれは木因とは**合意**のことであったでしょう。そして『**冬の日**』**の座、脇宗匠のように木因が坐してあれば、いわば巻の半分は木因のお蔭もの**でもあった。しかし**あくまで「黒子」**であると。こうした考えの前議論が、芭蕉さんと木因の間に、充分出来た伊勢の旅（『野ざらし紀行』）の一部の時間であったと、推察出来るのです。

なお、先行の文芸作品からの**引用、翻案**は、芭蕉さんにも多いことでした。この頃の芭蕉さんは、俳業かなりの高みに水準に達しつつも、なお俳諧修行の途次とて切磋琢磨しており、漢詩や先人の句からの**換骨脱胎**も多くありました。この『野ざらし紀行』でも、冒頭の「**千里に旅立ちて、路糧を　包まず、三更月下無何に入る**」などは次の二文そのままです。

千里ニ適ク者ハ三月糧ヲ聚ム　（荘子『逍遥游』）

路粮ヲ齎ズ笑ツテ復タ歌フ。三更月下無何ニ入ル

（宋の禅僧偃渓廣聞詩　元の松坡宗憩撰）

また「**秋十年却って江戸を指す故郷**」は、唐の賈島「桑乾を度る」に拠る。

客舎幷州已十霜　　客舎 幷（へい）州 已に十霜

歸心日夜憶咸陽　　帰心 日夜 咸陽を憶（おも）う

無端更渡桑乾水　端無くも更に渡る 桑乾の水
却望幷州是故郷　却って幷州を望めば 是れ故郷

更に、紀行中の句の**「義朝の心に似たり秋の風」**は、荒木田守武の

義朝殿に似たる秋風

から採ったと、自ら云って憚りません。これは更に、『冬の日』発句（竹斎に似たる哉）に口調移しています。大垣の木因句を譲り受けるぐらいは茶飯事なのでした。尤も木因の「歌物狂ひ」の句案も、芭蕉さんと二人で練ったかとも考えられます。ならば芭蕉さんの「狂句木枯し」の吟も、伊勢行の時の**共同作品**ともいえます。（こういうことを説き建てすると、世の芭蕉学の研究者は怒るでしょうか。。。）

●**木因**ですが、芭蕉さんを名古屋連衆に引き合わせ、その足そのまま大垣へ帰ったのでしょうか？いや紹介だけでは心許なく、座の在りようや巻の進み具合なども本来相当気になる筈です。（最初の裡でも）同席し、巻に曲折あるも兎に角順調に進行するのを見届けてから大垣へ帰ったか。或いは、更には**積極的に芭蕉さん捌きを助け、座での諸句の直しも手伝いもし、最後まで居て成功させた**のではなかろうか。木因ならそれだけのことは為し得る熟練者です。**地元人仮名（正平）を背に据えて（但し影の執筆役として）、**

進行を援けたのかもしれないと推測するのです。第四以降は土地の有力者の羽笠が参上参加した?ので、表六句目からの正平の役処も羽笠に任せ、**黒子は消えたとも。まずは**（まずはですよ）そう推論します。これら推測のどれか。　**（甲）**○

正平は、第三歌仙まで表執筆しましたが、**羽笠**（うりつ、うりゅう）が第四から参加し巻から消えました。**それは何故?**羽笠がある程度の実力者だからでしょうか?正平は羽笠が不慮にも来られない初めの頃（第三巻）までの繋ぎだったのか。　**（乙）**△
そして羽笠は第四歌仙以降で正平に代わり、表折端の執筆担当を務め、連衆としても巻中の一般吟も為していきます。結構な**熟達者**と見えますが実の吟かどうか。**（丙）**○
注意すべきは、第四歌仙に於ける**羽笠の佳吟のこと**です。巻中に六句あります。殊に、（第四）表折端吟の

荻織るかさを市に振る　◎…第一発句脇の笠の振りに対で（執筆役?）を確かと果たし、つぎに、裏五句目

捨てられてくねるか鴛のはなれ鳥　○…第一7野水の鷺に対。そして中ほどに他三句あり、最後の名残裏五句目

北のかたなく〳〵簾おしやりて　○　と、通常「匂い花」の定座を、二句前に花

の句は春続きの関係か引き上げられて吟じられたので、挙句前、雑の句とし**重い句**を出し、古き側の敗北を云い、次挙句の杜国吟

ねられぬ夢を責むるむら雨

と共に、この巻を締め括ったのでした。実に**芭蕉さんの苦悩そのもの**です。

そして第五歌仙行では、五句目の重要な月の定座を表立って勤め、意味ありげな

音もなき具足に月のうすくと

を出し、表末の執筆の位置を吟せず、**（酌とる童蘭切にいで）**の野水吟を表折端とさせ、（巻中ほどにも四句あり　略）。

最後に

山茶花匂ふ笠のこがらし　＊

と、見事に、第一歌仙の付合、

客　芭蕉さん発句の**（狂句こがらしの身は竹斎に似たる哉）**

亭主　野水の脇句の**（たそやとばしるかさの山茶花）**　＊

を受けての**締め括り**をしたのでした。**芭蕉さんをよく知り、句も上手く、なかなかの吟者でなければ出来ないこと**です。そして**この酒屋興行の趣旨もよく心得て発揮した**のです。**笠**のこと、**萩荻**のこと、**山茶花**のこと、**これほどまでに座の趣旨を弁え、佳吟する**

ことが、これまで席に居ない途中参吟の羽笠なる人物が為せるとは考え難い。であれば、**羽笠とて、いや、こそ、木因ではないか**の思惑も出来るのです。まずは、(まずはですよ。)

●(正平、羽笠の正体のこと)

さきに第一歌仙から第三までの一応執筆役の正平と、第四、第五歌仙に**正平**と入れ替わって大活躍した**羽笠の二人**は、種々の考察から、どうも**実在怪しい存在**と指摘しました。もしかして木因も如行も(或いはどちらか一人)この『冬の日』の席に、**隠れて参加したのじゃないか**。それが、正平とか羽笠とかであった　と論ずることが出来れば、諸種の謎も解けるのです。いうなれば**黒子**です。その根拠をお話しします。

正平ですが、かの表一巡の、世にも見事な独創的な裏の**通奏低音の運び(見事な幾何学模様)(P31・32)**に、皆、前句吟者の身分など秘かに示唆しているのに、自身も(6折端で)(前句5の杜国)のことは示唆しながら、**(次の吟者7野水)**からは、**正平の人格、身分(職業や句歴)の示唆がありません**でした。**このことこそ**、**正平は表に出ない、出されない、出してはいけない身分の者の吟名ではないか**と考える最大の根拠です。それは、**表一巡が**、**あの様に打ち合わせて読み継いだ身分紹介と見破ってこそ、発見出来ること**なのです。

次に**羽笠**ですが、第四第五歌仙からの途中参加（巻面吟者として）なのに、**稀に見る熱意で名吟**を為しました。

しかし如何に羽笠が当時、熱田で実力もあるやの名家であったとしても、**これ程までに、芭蕉さんの志と苦悩と言動を熟知していたでしょうか、知っていたとしても、その再現・主張を、適格に激しく初邂逅の座で出来るでしょうか。そんなことは普通あり得ません。出来る筈がありません。このことこそ、**（宵の）大いに疑う根拠となりました。ともかく初邂逅の座で、同志仲間と誓い合ったのは、荷兮、野水、重五そして杜国の五人のみだったと思います。

かくして、順当に考えれば、**正平と羽笠は架空者としての参加・名配である**と断言出来ます。その二人を、（ともかく先程までは）、大垣の木因じゃないか、黒子で坐り、助言もし、影の執筆的な進行役ではなかったかと憶測したのです。

（**そこからですよ、考えるのは**）。**二人とも木因なのか**。そうとしたら、**正平と羽笠の扱いが、ずいぶん違いますね**。句数も詠みようも違います。**羽笠はあたかも芭蕉さんそのもの**のようです。的確で、しかも志を吐く口調はとても激しい。**正平と羽笠は同じく**

架空者としても、別人であるべきです。

（さて、そこで、**第三の男**を、この舞台に登場させますよ）。

思い起こせば、『冬の日』は木因と荷兮の厳密な企てと談取りで実現したのでした。一見無駄なような伊勢行の時間つぶしもありました。しかも、山茶花咲く時期から巻き始め、五歌仙巻き終わり、校合もあって、どうでしょう、その**年内に**、**年内にですよ**、**京都の井筒屋から版行されたの**です。普通そんなことが可能でしょうか。名古屋から京へ飛脚を飛ばして、井筒屋と交渉し出版契約し、どんなに急いでも、版下の彫りから印刷までしたのですよ。今日のパソコンのメール伝送時代でも不可能です。

●そこで（宵）の考えるのは、こういう筋です。

歌仙が一巻出来上がる度に、急ぎ製版に廻した　と。次々と二三日で京まで早馬で便を飛ばした　と。それが可能だったのは、**井筒屋の主人が歌仙の座に居た**からだ　と。そしてそれが、始めの内の**正平だった**　と。**三巻まで正平（架空名配）を勧めて**、急ぎ、この井筒屋主人の庄兵衛は辞し京へ帰り、制作の監督・督促などし、出来具合を閲したと。そうして正平・井筒屋主人は座から消えたのです。

その為、第四、第五は**執筆役どころを、誰でしょう、後半代って、木因**が務めたのだと。**木因だからこそ**芭蕉さんの志、普段の主張は全く齟齬なく、しかも激しく、しかもベテランの句作りの上手さで捌き進行させた　と。それを一応尾張の連衆の句の如くが必要で、**羽笠の名でカバーした**のだ　と。（熱田の有力者なら、座に赴いて挨拶ぐらいしたかもしれず、名配の恩恵に預かったかもしれぬ）。だからかの『追加六句』の最後に野水が為したその**謝辞**は、芭蕉さんは勿論のこと、美濃の木因先達、座に在るへ為されたのだった　と。それが、

ひだりに橋をすかす岐阜山

であったのだ　と。

しかし話はあくまでも、**蔭の黒子**のことでした（主旨経緯から、そうあるべきでした）。しかも座にも侍り、とても重要な役割を果たされた、と。蕉風を教えるといっても、芭蕉さんしか登場しない座です。表立っては、芭蕉さんに感謝するは当然のこと（追加三、四）、しかし感謝するに落としてはならない人物が　**黒子**　**で座に居られた。重要な芭**

蕉さん援けるバイプレヤー。それは大垣の木因さんだ。句々の直しも進行も手伝った。だから名吟が綴られた。だから**最後に木因さんへの謝辞を欠かせない。**歌仙終わったので追加吟まで敢えてしつらえ、つまり、追加六句は、芭蕉さんのことはいう迄もなく、美濃俳諧の重鎮、この尾張座実現の、事前から座の完成まで、**仲介者（木因）への謝辞**でもあった　という推論なのです。その為にわざわざ為した**「追加吟」**だった。
こうした読みをして初めて、この「追加六句」が読み取れるのでした。

下世話にもいえば、芭蕉さんの左に?座って捌者のようにし援けて居られた木因さん。最後の**「すかす岐阜山」**とは、それをいうのではないでしょうか。芭蕉さんの蔭に透かし居られた。この辺り細かい、しかも誠を尽くした亭主野水の、座の感謝と解散の吟だったのでした。美濃大垣の木因や如行らが、尾張連衆より僅かに先行していた**蕉風新風の「渡し」**を、かくて尾張で成ったのです。こうした意義ある晴れやかな舞台なった『冬の日』の軒の遥かには、岐阜（山＝大なるもの＝実は人（詞のすり替え）＝木因）の恩情が透かし見えますと、感謝して締め括った。この**（橋　すかす　岐阜山）**のことは本邦初解釈です。でもこの解きは、恐らく確かではないでしょうか。

ひだりに　の言葉、これも位置関係のこと不明ですが、付け加えるなら、或いは東から朝日差し込む角座敷が、北にも開けていて、座から左遠くあるべき景色、岐阜山（稲葉山・金華山）が、実際遠望出来たのかもしれません。また右左の高下の謂いは古来、右が貴いと。芭蕉さんを差し置いて右とはいえない等々、但し、そのような詮索は追及しても余り意味はないでしょう。**要は、黒子に徹し援けてくれた美濃の木因を、透かし見る、蕉風先行して教えてくれた恩人を崇め見ます**　という推論でした。

こうして、**従来、全くの謎句の解明が出来ました。**またそれだけでなく、いかに事前から歌仙創作中、また事後の、近代出版も及びもつかぬ迅速さで出来上がった代物であったか　という誠に出来過ぎの出来であったことも分かって来ました。

●井筒屋の初代は、名を重勝といい、京の松永貞徳の門人で、そこで芭蕉さんとも懇意になり、以後多くの蕉風の俳書を出版したのです。そうなのです。

正平（shouhei）は　庄兵衛（shoubei）の変名だった。　**正平は庄兵衛の黒子。**

羽笠も木因の黒子だったのです。

随分飛躍しましたが、論理は通しました。かの幾何学模様の第一歌仙（表の六句）が如何に重要な発見であったか。その折立七句目吟が表六句目折端の吟者正平を無視して身分紹介をしなかったことを探り当てたからこそ正平の正体が判ったのです。そう推理したことでこそ、従来謎であった数々が解明出来ました。芭蕉さん学の徒、こんな嬉しいことはありません。皆で喜びましょう。

（十二）

（補遺）各務支考のこと　他

●（『冬の日』直前のこと）

尾張では木因の紹介で、荷兮、野水、重五、杜国らと初対面し、歓待を受けて、「尾張五歌仙」を巻きました。それは蕉風俳諧史上特筆すべき『冬の日』の完成でした。座敷での遊び、**擬連歌（幽玄、雅美）から→（わぴ、さぴ）を志向する風狂的な精神こそ、**俳諧のあるべきことことして把握し、これをもって**蕉風**とするのです。そういう意味では、伊勢の**荒木田守武**らが、**誹諧（滑稽）**の意義で先行はしていましたが、芭蕉さんの改革はそれとも違うのでした。

荷兮は、元々名古屋の医者で俳諧も心得て居りました。このとき蕉門の徒となり、その後、積極的に『春の日』『阿羅野』など編んでいます。芭蕉さん、『冬の日』挨拶では、殊更、狂歌一徹の竹斎を名に擬し、謙譲したのです。『阿羅野（曠野）』の序文にも、「冬の日」「春の日」「阿羅野」が、その蕉風一連と紹介しています。荷兮とはその後も長く交際は続きました。（しかし後、荷兮は何故か連歌に転向した。芭蕉さん亡き後は蕉風の推進に飽きたのか。古池蛙の連句なら連歌の方が益しというのか）

芭蕉さんは、その後、なお尾張・熱田に、約二か月も逗留を続け、年末、一旦実家のあった伊賀上野に帰りました。大業を成して安堵もありますが、

爰に草鞋を解き　かしこに杖を捨てて　旅寝ながらに年の暮ければ

故郷も旅の一部と観じたのです。そういう人だったのですねえ。でも実家から遠く離れて成人し仕事に就職した人が、たまに実家に帰って、その数日は旅中と感じるのは誰しもでしょう。この**前詞**に続く句は、

年暮ぬ笠着て草鞋はきながら　＊

でした。前詞で、最後の、「ければ」を省けば、かのおどろおどろとした前句からの続きや否や「**狂句木枯しの…**」が発句なら、述懐の前詞そのものは既に、発句といっても、然るべきでしょう。（ならば肝心の句＊の方は、要らぬことになります）その後、熱田の桐葉宅に遊び、江戸に帰庵したのは翌年の夏でした。

『野ざらし紀行』、帰りはこのように明らかですが、ではその江戸からの行き路、ここ尾張名古屋と鳴海はどう通ったのでしょう。弟子の千里を連れていました。紀行では、

それまでに、馬上吟二句の後、飛んで、伊勢の松葉屋の風瀑を訪れたことをいうだけで、駿河から伊勢までの間に記事はありません。でもその二句は大事な二句でした。

道のべの木槿は馬に食はれけり

馬に寝て残夢月遠し茶のけぶり

なお後の『笈の小文』、やはり故郷に帰る山道で大業成さんの危険をいう。

かちならば杖つき坂を落馬哉

荷兮や野水らの存在は、まだ全く知らなかったか、文がありません。

●（巻・題名のこと）

尾張の二書『冬の日』、『春の日』は、「ふゆのひ」「はるのひ」でしょうか。「日」は、往々一字で、日々の意に用い、**「ひび」**と読む。実際、数日滞在しての歌仙行なら、日々（ひび）とも云ったのかもしれないこと。日々　としてもよからぬことは何もない。むしろ何故一日だけを幽案する**「ひ」**と云わせるのか。それは、意図する俳諧、冬の厳しさを象徴的に詠むこと、詠んだということなのでしょうか、これ先の大きな疑問群に較べれば小さな疑問に過ぎませんが。。。また、（一夜五歌仙）という噂は、到底、嘘でしょう。各歌仙の発句が、（其の場・其の時）であれば、もし一夜に巻いたなら、夜半の発句が数巻あろうもの。（尤も文芸だから、其の場其の時に限らず構想を立てるも可ですが）。

夜の座の巻を『冬の日』と云ってはよくないでしょう。

芭蕉さんは「曠野」の序文で（予はるかにおもひやるに、ひととせ此の郷に旅寝せしおりおりの云捨、あつめて冬の日といふ。其日かげ相続て、春の日また世にかかやかす）と書かれました。何となく複数「ひび」の気がします。凄いですね芭蕉さんは、付合の一句一句、付合の二句二句をも、云捨と呼ぶのです。その覚悟があるからこそ、漂々と風合の付合が出来るのですね。

それはともかく、『春の日』は、かつての『冬の日』の連衆を中にし、余韻を込めて巻いたのですが、如何せん、芭蕉さんを欠いては、蕉風の志の意図、高さを充分に持続・発揮し得たというものではなく、巻名がいみじくも示す通り、冬を過ごし、春の温みの、ふんわりとしたそれであったようです。

●（大垣　木因のこと　その後）

先に見てきたように、『奥の細道』桑名で別れたのち、芭蕉さんと木因は音信も交際なし。だから、蕉門離脱、荻の別れなど双方意に合わず断交したのは確かでしょう。しかしその四年後、元禄六年の正月、芭蕉さんから木因への真蹟の（謝礼返信）が見つかっています。儀礼的なものです。

御芳簡舟便　慥かに相達し　小餅一束　被懸御意　遠方辱令存候

御発句共　御書付令感候　愈無為之旨　珍重此事に存じ候
愚庵無別条罷有候　三つ物例年之通可被成候よし　珍重存候
相替事　無御座候間　早々　正月廿日
春もやゝけしきとゝのふ月と梅
頃日申候　木因様　はせを

これを見ると、木因は三つ物と小幷を、突如、「年始礼」として送ったらしい。（木因は富豪なのに、何故、小幷程度のものを贈ったのだろう。）木因の手紙は見つかって居ません。（詫び状のようなものが出てくれば、大発見になりましょう）。何だか冷戦の大国間で、緊張の雪解けを望む誘いに似たようなことですね。

それはともかく、この芭蕉さんの句（**春もやゝけしきとゝのふ月と梅**）は、先ごろ為した＝先年（元禄五年？）の作とも**伝**あり。その後の人らの諸書編集、編入は多くあり、真蹟、画賛なども多い句です。（宵）思いますに、伝という方が誤りでしょう。翁の句はこの返礼書簡の時の感想と思います。その意義、表面句解は別段他愛ないものですが、「**月と梅**」の語は、木因宛の書簡だけに、意味深に思えます。木因（宛）の句は、いつも（二者対）を詠んでいます（鳶に鳶　獅子に牡丹　月と菊　二見＝蓋身　月と梅など）。この句は、以前は「月と菊」の間柄だったし、いろいろ（『奥の細道』での別れのいきさつもあったが）、また年も古り淡泊になった　というのでしょう。「菊」は忘れたよ。「月・梅」の清楚な関係だよ。そして、木因との**確執**も、お互い、もうそろそろ宜かろう。（やや景色整え、春にし（**和解**））しても　というのではないでしょうか。

その後は、生前芭蕉さんと木因は邂逅もなく文通もありません。但し、長生きした木因は、同じ美濃のことでもあり、**支考**とは交通はあったらしく、支考が翁三十三回遠忌（**併せて五十回忌取越**）を京の双林寺で執り行った際、その開莚の「表六句」では、遊行上人他阿の発句、蓮二（支考）脇、五句目を木因が務め「假橋のいくつも遊ふひてり川」が残されています。平句ですが、やや意味深です。老の閑をかこつているやにも思えます。更に追善に、次の「**花鳥十句表**」も寄せてありました。同曲の趣きでした。

白桜老人　木因

今日や思へば花も涙の日
その**鳥**もその雲も追いく
大津絵の**藤**は又兵衛か笠きせて
起てあたりの**山ほとゝきす**
手拭に**南天**しろく咲きこぼれ

にょろりと長い背て**ちゃぼ**好　　　翁のことか
一鼾さめて紙燭に**菊と月**
菓子は平砂に**聲**落る也　　　鳥の声か
極楽の秋にほはせて**蓮**二房
四十雀より**五十**歌仙を　　　（支考編『三千化』）

●（支考のこと　追記）

各務支考は、美濃山縣（やまがた）の郡、長良川沿いの大智寺（老年起居した「獅子庵」隣接）の雛僧でしたが、十九歳で僧籍を脱し、芭蕉さんが『奥の細道』を旅したその翌年（元禄三年）、蕉門に入門し、江戸へ随行しました。後の俳諧人生で、若い頃の僧の修行（読書や思考）が、研鑽、創作、連衆の交際や育成に役立っています。支考は、生来賢く、俳諧の全般のことや蕉風が正風なことなども素早く吸収して行きました。芭蕉さんスクールでは、門人たちが古きより新しきへを志向するに、苦心し、或いは迷い、自信をなくしつつあったのに較べ、それらの後の期の入門であれば、却って素直に諸々よく理解もし、実践もし、人にも説けたのです。それまでの俳諧の善悪、それへの芭蕉さんの考えや批判など、芭蕉さんから多く素直に聞き入れたことでしょう。蕉門を継ぐには、絶好の門人だったのでした。

芭蕉さんが元禄二年に『奥の細道』紀行した際、出逢った人たちへの蕉風再教宣（＝一度の俳席では不充分の認識）と、その定着の任務を負わされ酒田までも行脚を命じられたのですが、それは入門後、僅か三年（元禄五年）のことだったのです。それほどまでの期待と信頼は、数多の門人を擁する芭蕉さんの庵にあっても稀有のことでした。陸奥への門出には、親切に心配するあり、やっかむもあり、門出には師をはじめ友人、諸俳徒らから餞別の品や句は山と寄せられ、それは間違いなく栄誉であったことです。

その時の支考の口述は、**『葛の松原』**に（酒田の不玉述という仮借で）纏められ、のち（元禄五年）出版されましたが、その草案は、事前も事後も、師芭蕉さんが閲し、容認したものでしょう。芭蕉さんは生前、俳諧の具体的な手引書は残さなかったので、没後のほぼ二百年間、（『去来抄』や『三冊子』が後に世に出る前）の長い時期は、この『葛の松原』が唯一、全国の俳徒たちへの「蕉風」教科書でありました。当然秀書ですので、その後もずっと、今になるも適切な指導書であり続けました。支考の広範な行脚は、かつて芭蕉さんが若くして、木因と同行し、「伊勢人の発句を掬ハン（救ハン）」とした行脚に通じることでした。西へ東へ、旅に在っては、殆どレクチュアと実作指導に明け暮れました（＝救ハンの実践、当に芭蕉さんの代理をしたのです）。「松原の葛」と呼ばれることの名誉、嬉しさを述懐しています。芭蕉さんに書名そう呼ばれたという。松は勿論、師松尾芭蕉。その三千の門流たち（原）での「屑」なるは、しかし匂いある「葛」なのでした。松原の樹に纏い付き茎姿を伸長させる、薬用にも食用にもなる葛なのです。『葛の松原』とは『冬の日』の追加で詠まれた（枯原の松）を彷彿させる題名ですね。支考は若く、芭蕉さん代理で『奥の細道』を再現し陸奥の俳人らを再教宣しようとした行脚では、『冬の日』の激しさで「樽火をあぶる」まではなかったでしょうが、諄々、師の蕉風の在り方を説いて回ったのでした。のち、酒田の『**呂丸聞書**』**（七日草）**にも、具現の一部を覗かせます。その論の的確さと巧みな話術は、芭蕉さん亡き後の百年二百年の俳諧蕉風の教科書でした。今日読んでも、齟齬がないばかりか、正論を適確に、格調高く、何度読んでも飽きず示唆を受けるものです。（但し、口述記録の擬古文は、今日時代、既に読み難い処もあります。（拙著（『俳諧真髄』支考初期三部作「葛の松原」「笈日記」「続五論」訳解を通じて、をご参照下さい））

●芭蕉さんは浪速で病を得、いよいよ臨終となった床の息で、三通の遺書を支考に口述筆記させさせました。その遺書の格調あるは、支考の筆による故と推量します。当時偶然にも高弟筆頭の其角は旅路すぐ近く浪速に遊んでいましたが、遺書口述の段には、病床に間に合いませんでした。遺書には、各方面への謝辞と遺品の形見分けのことをいう他、諸文筆の残片の校合を、支考に頼んでいます。そして末に

支考、このたび前後の働き、深切まことに尽され候。
この段、頼み存じ候。……ばせを（朱印）

と、生前最後の謝辞を口述し、署名押印されています。芭蕉さん、最後にはこの弟子に頼ったのです。支考は如何に芭蕉さんに信頼されていたことか。

師の没前没後、蕉門の弟子としての働きは、それこそ赤馬白馬の汗と露の力業でした。亡骸の浪速から大津への送り、義仲寺での葬儀の手配を執り行い、また直ちに師の旅の跡を偲びつつの俳諧の跡を綴った『笈日記』は、弟子としての筆の及ぶ限りの敬愛を籠めたものであり、読むも好感を覚えます（先著『俳諧真髄』に訳出あり）。

●支考は、翁三十三回忌までの各忌を、門人諸人率い、独りで挙行しました。そのことは、誰も真似出来ることではありません。『三千化』は全国からの芭蕉さんを偲ぶ発句や歌仙（表）などを膨大に蒐め、正に企画力と労力の結晶でした。

芭蕉さんが没した後は、若いながら蕉風一番弟子と自負もし、地元美濃や伊勢を根拠

に、再三京滋ほか北陸に、更には芭蕉さんが果たせなかった夢の西国（岡山、山口から九州、四国など）へも遠々延々行脚し、俳業一気に花を咲かせたのです。本来は芭蕉さんが『奥の細道』の続編で為すべき『**西海の渚道**』？とでも号すべきことです。支考は『葛の松原』以来、ともかく教え上手であったので、行く先々、逗留の人々らに歓迎され、交流で残された「発句」や「表合せ」などの俳諧群は、どれも皆、素晴らしく、生前の師の行脚で残された諸俳諧に較べても遜色がありません。

●支考はまた「**文章**」にも精を出し、膨大な『本朝文鑑』や『和漢文操』を編し、許六の『風俗文選』に協力もして、沢山の有意義なテーマを文に綴っています。今日でも、殆ど活字復刻のない（＝一般には読めない）『文鑑』＊に、漢詩の絶句律詩の韻を重視した創作法を援用しての、和の字音韻での付合など探った**（仮名詩）の試み**などは、（必ずしも十全だったとはいえませんが）画期的☆でした。

☆これの真反対（聯句での漢句の改革：和に音韻で同調させた）が、2001年5月、（散人）が北京（大学）の「比較文学シンポジウム」で、「**新和漢**」を建議提唱したことでした。要約しますと、**連句（聯句）を日漢人（語）混合で為す場合、**

㋑ 江戸時代から慣習の「**和漢**」の、漢句を何でも＝長短なく、**五言**で入れ込むこと

㋺ （七音でしなかったのはせめてだが、これ音数調和せず、ぎこちない）や、（近世に中国へ輸出（漏出？）した）我国の俳句（和語十七字音仕立て）を、漢語句でも真似て十七言で為すという誤った方式に警鐘を鳴らし、《尤もこれを「漢俳」として中国内で流行らせたことには、最早それ俳句ではなく**三行詩と認識**しないが、俳句イコールというには長過ぎる（＝内容多弁）と断じ、**短く十音（343言）**で為すこと（名付けていうなれば「漢俳＊」に対して「**短俳**」）》を提唱し、併せて、**連句の付合**を漢句で為す場合、いわゆる長短のリズムを、既に輸出入していた（五七五言＊＋七七言）でなく、**（拍の同調）**に眼目して、いわゆる長短句を**（和語十言・七言）即ち（漢語三四三言・四三言）で為せば、和の（五七五音・七七音）の長短句と同じ音数律（四拍）になり、日漢人混合の座も、同じ音調（リズム・拍）で気持ちよく韻和出来る**ことを、建議提唱したのです。

シンポジウムでは、直ちに検証され、一同の賛意を得、実作も試み、成功なることを確認し、以後、これを標準とすることとし、中国各地での連句（聯句）は、日漢語混合連句も漢人だけの連句も、このリズムの良い「**新和漢**」の方式で為すよう改まり、やがて徐々ながら流行もし始め、国際連句の発展にいささかの寄与を致しました。発案建議者にとって、こんな嬉しいことはありません。

（参照：『現代連句入門』（連句ルネッサンス）併せて俳諧新歳時記（実用新案））

なお、大昔に美濃派の支考が考えた「仮名詩」のこと、主張や中味は違いますが、当時は（宵）迂闊にも知らず、右は独自の考案・国際建議だったのですが、今考えると、奇しくも同じ土俵で、俳諧連句の**韻和**のことを大事に考えたのだな　と、感慨深いものがあります。こうした形式や音調の諧和など真剣に韻文の在り方を支考が考えてのことは、当時もその後の他の俳人にはないことでした。芭蕉さんにも話し（注）、多分議論はしたかもしれませんが、賛否などの言動は残って居りません。そうした**革新の志**の延長こそ、学的ともいえる「獅子庵」での数多の俳論になったのでした。

（注　芭蕉さんに、「白氏が歌を仮名にやつして」（『虚栗』跋）があります。文辞似てはいますが、支考の「仮名詩」のことではありません。まして右の（宵）提唱ごとも全く無関係です）

●『芭蕉七部集』は世に持て囃されますが、**支考の『西華集』・『東華集』**をはじめとする生涯膨大な作品群は、或いはそれ以上の評価をすべきものであるかもしれません。何故なら芭蕉さん亡き後は、蕉風は疎か、もしかすると俳諧は、背後から支える理念や情熱を失い、没落文芸となっていたかも、と思われる情況を、俳論や実作の諸工夫（殊に**「八句の表合せ」などの新形式を携え**）、直接の弟子や地方の無名の俳人を指導した力業、それが近世近代現代の俳句の盛況に繋がり貢献したことなど、もっと**再評価**しなければと思います。それらは、地方にて埋もれがちな無名ともいうべき俳人を、教え、鼓舞し、旅の短い日時の裡に、それほどまでもの水準の俳諧を為しつつ、一夜二夜の蓑笠を続けた記録、労作なのでした。それらを引き出したこと、指導者としての正しい俳道の姿であり、能力であり、勝れた成果でした。**蕉風、もし芭蕉さんを一段ロケットとすれば、二段目を点火したロケットの飛翔であった**のです。曾良の『俳諧書留』に記録が残されている『奥の細道』での諸席の俳諧や、芭蕉さんスクールでの高弟、去来や其角、嵐雪、許六等々の著名門人の諸作品群（句と座）に劣るものでは決してありません。

●支考は、日常、美濃山縣の粗末な「**獅子庵**」に起居し、かつて僧なりし故か、哲学者故か、放浪を旨とする俳人故か、妻帯もせず、贅沢もせず（芭蕉さんは多く寄食し、時に有名人として贅沢を喫しましたよ）、生涯、俳諧の考究を深めんと机に向かい、考え得たる論述を世に発信し続けました。正しいとする俳論に対し時に遭う小心やっかみ者たち（学者も含む。明治になっても）の非難などには何ら挫けることもなく、己の論調を曲げず邁進した**信念の大人**であったのです。その信念はどこから来たのでしょうか。それは普段の考究から、真理の底に着いたという確信から得たからものでしょう。それが亡き師の申されるべきものとの心得であれば、理論も論争も誰に負けることはない。

ともかくそれらは、蕉風のこと、芭蕉さんの偉大なことを、どこまでも人々に教えんと筆の工夫（芭蕉さん＋支考）をしつつ手解きしたのです。「三方七名八体論」は云うに及ばず、親句〜疎句の距離感を「走響馨」の三語で説くなど、その他数々の教えは具体的かつ実用的でありました（先著『俳諧真髄』ご参照下さい）。

●かの「**松は花より朧にて**」といいつつ、秘密と全容を明かさなかった芭蕉さんですが、師の、その「朧の解明」一心に支考は生涯尽くしたのです。その**教え方**は次の様に初心にも解るように、具体的で明確でした。大事な俳諧作法の論議でもあり、味があるので再録します。

（初案）　**辛崎の松は花より朧かな**
　　　　↓　　　（下段　支考自身の解説）
発句の（哉／にて）留に論議あり。のち直り、左に治定。

・**発句の曲節**　**辛崎の松は花より朧にて**
花より＝曲　松の朧＝節。にて＝節。にて＝（不決定の決定）。ゆへに可笑。

（もし第三なら）
・**第三の節**　**辛崎の松は春の夜朧にて**
春の夜朧と優長にいひて松のおぼろとかきりたるが節。（曲なし）

（もし平句なら）
・**平句の地**　**辛崎の松を春の夜見渡して**
のびのびと云流したるのみ。無曲無

節。（地にいふ曲折の様で仕立てる）。

そのひたすらの行脚と著作は、すべて芭蕉さんに捧げた頌歌でした。噫　なんと天才なる、なんと献身的な人物だったろう。

辛崎の松は花より朧にて
　山は桜をしほる春雨　千那　花に桜の付け
昼の湖ゆく春の鐘の音　青宵　（頌）　匂付

青宵散人

１９３５（昭和十年　乙亥）　岐阜県稲葉郡黒野村　生
（戦前・戦後）岐阜　箱根　尼崎　東京　横浜（現在住）
俳句作家　俳諧連句作家　芭蕉研究家　俳諧一般研究家

【文芸略歴】

（俳諧連句）美濃派俳諧結社「獅子門」三十九世國島十雨（叔父）道統補佐ほか「鹿火屋」「風鈴」「菱の実」「俳諧文芸考究会（柴庵）」「同（蛙の会）」「慶應義塾丘の上連句会」「俳諧田園」「中央連句会」「都心連句会」「三菱俳句会」「俳人協会」「連句協会」の

会員　同人　主宰　参与等

【著書　編書＊一覧】

（漢詩関係）「唐代女流詩人薛涛（xue tao）詩　和律翻訳ノート」１９９８年刊（本装版）
「同」（中国四川省成都・望江楼公園　薛涛研究会　２００４年刊　軽装学生版）
「同」（新訳注ほか　掃苔記　紀要　論文　消息等収録　２０２２年刊　拡充版）
右は（中国）薛涛研究会学術顧問（日本）薛涛愛好研究会主宰の関係
「陶淵明と和す」靖節先生詩の扶桑短詩（俳句）形式翻案併唱和（連句）２０１８年）
右は（中国）廬山下　靖節先生墓所掃苔後　淵明全詩句との連句による唱和
「恋句曼荼羅」☆の分冊版（３支那大陸の情歌「古代～隋唐宋～明清歌妓たちの恋詩８０篇」「明代李禎編『剪灯余話』田洙遇薛濤聯句記（含聯句４篇）」清代曹雪芹

著『紅楼夢』より（聯句2篇）」「岐山県情歌21篇」の訳出　付「中国聯句略史」）

（俳諧連句関係）

「芭蕉さんの俳諧」（「冬の日」通奏低音　弥三郎のこと山中三吟）　1996年刊）

「俳諧真髄」（支考初期三部作（葛の松原・笈日記・続五論）訳解を通じて）2009年刊）

「現代連句入門」（連句ルネッサンス）併せて俳諧新歳時記（実用新案）2011年刊）

「恋句曼荼羅　（青宵さん聞き書き　俳諧連句演習）」　2019年刊）

「同書三分冊」（1恋と愛　2芭蕉さんの恋句　3支那大陸の情歌）☆　同

「芭蕉翁三百回忌追善俳諧集」（連句協会　1993年刊）＊

「珠玉の『俳諧田園』（復刻）」（俳諧田園の会　2020年刊）＊

「柴庵　現代俳諧集」（俳諧文芸考究会柴庵　2008年刊）＊

「現代俳諧連句集（右　続篇）」（同　庵　2021年刊）＊

「賦百人一首（詞）百韻『我が庵は』の巻」（俳諧文芸考究会蛙の会　2019年刊）

「丘の上連句会　作品集」（慶應義塾　丘の上連句会　2023年刊）＊

「俳人たちの八月十五日」（「俳諧田園」「柴庵」「蛙の会」に残した2023年刊）＊

ゴメンナサイ　芭蕉《ばしょう》さん　丸裸《まるはだか》

2024年7月12日　第1刷発行

著　者　　青宵散人
発行人　　久保田貴幸

発行元　　株式会社 幻冬舎メディアコンサルティング
〒151-0051　東京都渋谷区千駄ヶ谷4-9-7
電話　03-5411-6440（編集）

発売元　　株式会社 幻冬舎
〒151-0051　東京都渋谷区千駄ヶ谷4-9-7
電話　03-5411-6222（営業）

印刷・製本　中央精版印刷株式会社
装　丁　　弓田和則

検印廃止

Printed in Japan
ISBN 978-4-344-69124-7 C0095
幻冬舎メディアコンサルティングＨＰ
https://www.gentosha-mc.com/